들려주려니 말이라 했지만,

들려주려니

말이라 했지만,

강 정 시집

문학동네

自序

오래 팽개쳐둔 마음의 빈 구석에서 시간은
저 혼자 불똥이 된다.
뒤늦게 쫓아가는 나는
짐짓 난해한 물건이거나
심통맞게 돌아선 누군가의 싸늘한 등덜미이다.
불똥에 덴 흔적들과 함께
비로소 나는 나의 바깥에서 저 홀로 자족한다.

한없이 차가워진 마음으로
오래 식은 아궁이를 살피듯 긁어모은 불똥들이
세계와 나 사이,
깊숙이 가라앉은 시간의 구들장을 데운다.
알맞게 익었는지 살짝 엉덩이라도 디밀어보는 모든 분들아,
조금은 흉물스럽더라도
까칠한 거죽 속에서 혼자 비실비실 웃는
이 마음의 귀여움만이라도 눈치채주신다면 더할나위없겠다.

2005년 겨울
강정

차례

自序

불면   9

새벽   10

노을   12

들려주려니 말이라 했지만,   14

해산하는 태양   17

우주괴물   20

오래된 자화상   22

두번째 아이   24

알을 품은 시인   26

엄마도 운단다   30

밤의 저편으로부터 그가   32

한밤의 모터사이클   34

무서운 음악   37

당신이 만약 미라와 사랑에 빠지고 싶다면   38

타고 남은 초신성   40

불가사리   42

內歷   44

거꾸로   46

미스터리 서클   50

零度의 대화   53

거울 속 호랑이   56

바닷가 교회   60

잠든 애인의 목소리   62

새와 물고기를 닮은 남자　64

서쪽 베란다에서　65

낮잠, 바람의 묘지　68

불꽃벌레　70

하나뿐인 음식　72

봄날의 전장　74

봄밤　76

망치를 든 사랑　78

그녀들의 연금술　80

기억의 사슬　82

기린은 환영이다　85

폭우　88

거미인간의 초대　90

거미인간의 시—새벽거미　93

거미인간의 시—다시 쓴 족보　95

거미인간의 시—정오의 산책　98

거미인간의 시—하오의 독백　100

거미인간의 시—새로운 식욕　104

거미인간의 시—별빛들　107

들판을 달리는 토끼　109

허공의 다리　115

蛇足詩　118

발문 | 함성호 그러니까, 그러니까　121

불면

오래 전에 본 적 있는 그가 마침내 나를 점령한다
창가에서 마른 종잇장들이 찢어져
새하얀 粉으로 흩어진다
몸이 기억하는 당신의 살냄새는 이름 없이 시선을 끌어당
기는 여린 꽃잎을 닮았다
낮에 본 자전거 바퀴살이 허공에서 별들을 탄주하고
잠든 고양이의 꼬리에선 부지불식 이야기가 튕겨져나온다
내 몸을 껴입은 그가 밤이 가라앉는 속도에 맞춰
거대한 산처럼 자라나 풍경을 지운다
천체를 머리맡에 옮겨다놓는 이 풍성한 은닉 속엔
한 점의 자애도 없다 온통 가시뿐인 은하의 속절없는 일침
뿐이다

새벽

검은 능선들 사이
죽은 짐승의 그림자에 이는 불
비 그친 정원
빗물이 파놓은 둥근 그릇 속에서
내가 떠먹은 달의
시큼한 뒷물
단내 없고 고양이 발냄새 간간이 배어 있는 살점을 타고
혀 속으로 감겨오는 노래
내가 한때 사랑하다 죽인 적 있는,
머리에서 불을 뿜는 狂女의 신음 소리
피 묻은 별들 떼어내고
잠 밖으로 기어오르는 하늘의 비탈에서
증발한 인간들의 머릿수를 세는
먼 이녁의 고함
붉은 이빨 불을 뿜는 아가리 속으로
마침내 사라지시는
인간이 아닌,

내 어머니

노을

사막의 글씨들을 모두 곱씹고 날아온 그녀의 혀는 까끌까
끌하고
엎어놓은 솥단지처럼 엉덩이는 뜨겁게
단단한 기포를 뿜어내며 공기를 짓누르고
입을 열면 비릿하게 꺼져버린 태양의 얕은 숨결이 느껴지지
적어도 열두 가지 이상의 색깔로 기운 그녀의 얼굴은
종유동굴 속에서 만난 시간의 틈새인 양
인간 아닌 다른 종족의 역사를 상기해내고
흠씬 젖은 다리 사이에선 오랜 연혁이 새겨진 물줄기를 연
신 흘려 내보내지
언제나 볼 수 있지만
언제나 다른 그녀의 모습은
내가 담배 한 대를 다 피우는 만큼의 시간이나
태양이 오래도록 문질러댄 유리창의 두께 속에 가벼이 숨
은 채
수천 겹의 시간을 벗기고 다시 펼치며 늘 내 그림자 속에
서 잠들지

그녀가 잠들기를 기다려 나는 그녀의 아이를 내 속에서 꺼
내도록 한다
   무너진 망루에서 떨어져내린 태양이 어제의 지도를 어둠
속에 지우려 할 때

들려주려니 말이라 했지만,

그가 내게 처음 한 말은
물이 모자라 거죽이 붉게 부르튼 어느 짐승에 관한 얘기다
듣고 보니 말이라 했지만,
그 짐승의 존재를 알게 된 건 사람의 입을 통해서가 아니다
비이거나 혹은 바람이거나
아직도 살 만큼 물이 충분한 내 몸에 파충류의 피륙 같은
돌기가 솟았던 걸 보니
짐짓 실체가 없는 무슨 진동 같은 거였는지 모른다
말이거나 비이거나 바람이거나
생각해보니 그것은 내 촉수를 자극해 조금씩 부풀면서
존재를 확인하려 하면 사라지고 만다
만져지는 대신
시간과 시간 사이에서 무성생식한 우주의 굵은 탯줄만 낡
은 가구들 틈에 끼여
목청껏 다른 말들을 웅얼거리는데
이 다른 말이라 하는 것도,
듣고 보니 말이라 했지만,

책에 쌓인 먼지라거나

같이 있다 방금 자리를 뜬 사람의 미진한 온기 따위인지도
모른다

내 체온이 닿았던 것들은 나 이후로는

사망의 시간 속에 스며들어가

전혀 다른 종류의 생물로

내 체온이 발원하는 지점 깊숙이 파고든다

들려주려니 말이라 했지만,

냉온이 빠르게 교차하는 과거와 미래 사이에서 나라고 하
는 건

한갓 누군가의 원망을 대신 실현하려

파리나 모기 따위에게로 쏠리는 식욕을 감춘 채 인간의 영
역에 파견된

짐승과도 같다는 것

들려주려니 말이 자꾸 새끼를 치지만,

내가 들려주려는 말이 결국 내 체온을 액면 그대로 종이
위에 처바르는 일이듯

붓끝에서 뭉치거나 흩어진 물감들이
공기의 흐름을 타고 저 나름의 궤도로 일렁이면서 시간의
어느 정점을 물들이면
나는 곧 나로부터 이탈되어 본래의 땅으로 돌아간다
들려주려니 땅이라 이름 붙였지만,
인간도 아니고 인간 아닌 것도 아닌 만물이 때 되면 허물
벗어 다른 생을 낳는 그곳을
허공이라 한들 어떠리

해산하는 태양

가슴을 찢고 소리를 질렀다

찢어진 소리가 다시 가슴을 삼켰다

방향 없는 웃음을 흘리며 꽃들이 사방으로 날아올랐다

누군가

찢긴 가슴의 피를 마시고

새들은 가야 할 방향을 정확히 찾아냈다

모든 방향이 찢어진 가슴에 있었다

흩어진 핏방울들이 잠 못 드는 처녀의 낯선 꿈속을 물들였다

어둠으로 파인 허공에서 꾸역꾸역 나무들이 자라고 있었다

기다란 가지 끝으로

피 묻은 새들의 날개를 찌르고 있었다

새들의 둥지는 찢긴 가슴 속에

나무뿌리와 함께 있었다

낯선 처녀가 둥치째 나무를 뽑았다

찢긴 가슴에 둥그런 물이 고였다

둥그런 태양이 물 속에 있었다

나의 해산은 한순간이었지만,

갓 태어난 태양의 나이는 五十萬이었다

처녀는 오래 전부터 나의 엄마였다

우주괴물

오랜 불면으로 눌어붙은 밤의 창문
수천 광년 동안
사막과 바다를 건너온 별이
내 느슨한 항문을 열고 있다
몸 속을 검은 바람이 할퀴고 지난다
(이제야 알겠다,
내가 그토록 오랫동안
무기력했던 이유를)
이제 다른 인간이 태어나야 한다

사막의 푸른 열기와
젤처럼 굳은 바다가 온몸에 들러붙는다
모래를 곁들인, 찐득한 비가 내린다
하늘 한켠이 뜯기며 죽은 유성의 알몸들 쏟아진다
사람들의 오래된 눈빛을 쓸어모으며
다시 닫히는 하늘,
미처 뒤따르지 못한 이들이
새빨간 강으로 녹아 흐른다
새로운 인간은 대지와 하늘,
종족과 국가를 불문하고 별을 알(卵) 삼아
두터운 시간의 견갑골을 깨뜨린다
하여 내 몸이란 모든 사막과 바다를 짊어진

땅 밑의 붉은 銃核, 시간의 심장이다

내게서 뻗은 시간이 또다른 나를

산화한 유성의 잔해로 빚어

으스러진 모래알 속에서 끄집어낸다

그와 내가 다르지 않고

나와 유성이 다르지 않으니,

세계는 수천 광년 전에 죽은

어느 별의 지난 역사를 새로이 반복한다

몸과 마음의 오랜 상처들, 제 썩은 환부를 핥는다

과거의 상흔을 뚫고

수천 마리 내 육신의 異形들이 터져나온다

수천 광년

시린 물살과 뜨거운 모래를 섞던

별들이 갈아엎은,

광활한 시간의 진공 속에서

오래된 자화상

빗물이 두 눈을 꿰뚫고 오랫동안 알고 있던 그가 비로소
낯설다
나는 그를 내 인생의 카피본으로 읽었었다
우산 없이 고백하는 그의 길고 긴 얘기를 들으며
젖은 몸이 비로소 물이 될 때까지
나는 숨을 쉴 수 없다

눈을 감고 한쪽 귀에서 다른 쪽 귀로 빠져나간 바람이
발끝을 툭 치며 달아나는 소리를 듣는다
사방에서 짖어대는 개들은 이 길고 긴 밤의 주인이
자신과 닮지 않은 새끼들을
수태시키는 광경을 목격했다

누군가 떨어져나간 어둠 한 귀퉁이에 그는 여전히 서 있다
흐르는 빗물에 드러누운 채
끝끝내 젖지 않는 밤의 저편에서
낯선 짐승들이 태양의 뒷덜미를 물어뜯는 모습이 상연된다

나는 말라붙어 동공이 빠진 채로 死後의 강 너머에서 발견
될 것이다

사라진 몸에서 사라짐을 지우며 오랫동안 짐승들과 함께
할 것이다

두번째 아이

가장 낡은 언어로 말하지 않고서는 드러나지 않는 미래가
있다
갓 젖 뗀 아이가 울부짖는 소리를
손에 받아 냄새 맡아보라
당신의 손바닥에 빙하의 뿌리처럼 남아 있는 수분이 태양
을 빨아당겨
생명을 내뱉은 당신의 하복부에 금빛 문자를 새긴다

얼어붙지 않은 열기라면
손 안의 모래알처럼 바람의 궤적을 그릴 때만 유효하다
아이는 사실 아무 말도 않지만
아이의 소리를 옮겨적은 백지 위엔 수시로 광풍이 분다
집이 무너지고 태양의 꿀을 짜내던 뭇 별들이 폭사해
당신의 거처를 무한십이면체의 정글로 변화시킨다

당신의 아이는 당신을
새로 탄생한 수정궁의 유일한 결함으로 기억한다

한줄기 냄새로 변한 당신은

이제 아이의 손바닥에서 바람의 시녀가 된다

손바닥을 냄새 맡는 아이의 숨결 속에서

당신 스스로 두번째 아이가 된다

하수를 열면 녹슨 언어들이 폐차장의 바퀴살처럼 공허하

게 입을 벌리고 있다

죽은 태양이 삐걱삐걱 새로운 노동에 몰입하는 순간,

당신의 비어 있는 손바닥에 대해 스스로 눈감으라

알을 품은 시인

맑은 날의 뱃길에선 태양과 물이
유리알들을 낳는다 저것에 내 몸이 베이면
나는 詩를 낳으리라
아, 그러나 관두자 머리는 가볍고 가여워
보다 살가운 육체가 아닌 이상
나는 그를 빌어주지 않으련다

그러나 기어이 그는 빠져나간다 멍청한 내게는
아무런 기별도 없이, 몰래 일을 치르고 달아나는 疫神처럼
우리의 사랑이란 이토록 균등하지 않다
그는 수시로 날 약올릴 궁리만 하는 모양이다

유리밭 속에서 목욕하는 저 피 흘리는 몸을
그러나 아무도 보지 못한다 아직도 이 나라엔 백성들의 눈
과 귀를
틀어쥔 거대한 대통령, 무시무시한 장관님들이 건재하신
듯하다

한가롭지 못한 내 뱃길을 그는 오로지 자신의 눈만으로 관
장하신다
물굽이의 불규칙한 능선 사이를 살랑살랑 흔들며 떠다니는
그의 몸짓이 어떤 분명하지 않은 始原을 암시하고 있는데
나는 하염없이 눈만 깜빡거린다
횃대에 앉은 닭들의 푸르스름한 안광이 저 바다를
더욱 넘실거리게 하는 것 같다

저 지겨운 몰입을 보라
詩를 낳을 저 몸이 내 안에서 살던 것이라니!
나는 낯설기 짝이 없는 내 눈을 긁적거리기나 하자
공기의 뼈들이 어지럽히는 뱃전, 예상치 못한 사고가 암시
되는 와중에도
졸고 있는 조타수의 뇌수는 지극히 정상적이다
장바구니를 깔고 앉아 싸구려 담배를 태우는 노인들은
이미 한 번쯤 죽음에서 살아본 경험이 있을 것이다
아, 그는 그러나 자꾸만 내 시선을 사람이 아니라,

사람들 사이의 어렴풋한 진공을 보게 만든다 명료하지 않은,
더 깊은 세계의 포말을

태양이 숨을 몰아쉬고 있다 무거워진 내 몸이
바다의 살을 물고 튀어오르는
유리알들을 불러모은다
구름들은 다 어디로 숨었나, 날카로운 물살에 베여
나는 이미 피투성이다 아무도 못 봤겠지만,
그래도 나의 變身을 눈치챈 꼬마아이 하나의 눈매는
선한 악의로 번들거린다
횃대에 앉아 알 까는 시늉을 하는 어느 멍청한
수탉을 구경하듯 내 질척한 항문의 심상찮은 産氣에
저도 발끈한 모양이지, 나는 꼬마를 피해 눈을 감는다

터진다, 기어이! 그리고 부숴버린다
깔고 앉은 바닥이 부풀어오른다
내 눈알은 이미 푸른빛 거미줄을 그리며 도처로 흘러가고

있다
　　바다에서 그가 건져내는 건 나 아닌 모든 것들의
　　굵게 사각진 뇌수들이다 한결같이 흘러가는 세계 속에서
　　한결같지 않은 유리알 속으로 포획되는
　　이 눈부신 개화를 보라
　　유리밭 속을 출렁이며 흐르는 이 배가 도착하는 지점에서
　　나는 기어이 살아 있는 죽음을 볼 것이다

엄마도 운단다

우는 아이만 보면 엄마가 되고 싶어
우는 아이만 보면 엄마를 낳고 싶어
새하얗게 눈 뒤집어
마음속 빈 밭에 어떤 생물이 도사리며 울고 있는지
그게 혹 제 꼬리부터 삼켜
모가지까지 삼켜
영원회귀한다는 신화 속의 괴물은 아닌지
쓸모없이 나부끼는 내 몸의 하부구조가
벚꽃들이 난장을 벌이는 광장 구석,
잡초다발 같은 우주의 유실물에 다름아닌지,
해마다 먹물을 마신 듯 까맣게 울부짖는
정처 없는 마음의 진동이
언젠가 잠든 사이
스스로의 남성을 겁탈하여 사산시켜버린
원형복제물들의 합창은 아닌지, 그러하다면
지 어미 목 따고 솟아오른
식물들의 개화기 때마다

귀부터 먹먹해지는 이 오래된 병증을

오색의 음악으로도 가려지지 않는

칠흑의 절규로 더욱 키워서

마침내 우는 아이를 내 몸에 다시 넣어

기어이 우는 아이가 내 몸을 찢고 다시 태어나기를

우는 아이야

우는 아이야

너 정녕 슬프고 서럽거든

어미를 싯누렇게 짓밟아다오

진달래 개나리 아름드리 느티나무

수천의 종자들이 어미 얼굴 한복판에

새 터를 잡고 늙은 바람의 목청이

개운하게 게워지기를

우는 아이야

우는 아이야

네 울음 속에 어미를 담가다오

어미를 낳아다오

밤의 저편으로부터 그가

잠 못 드는 몸을 거슬러
잠깐 앉았다 떠나려 하는 바람의 몸통을 잘라
죽은,
죽은 것처럼 빛이라곤 없는
당신의 얼굴을 꺼낸다
어둠이 스캔하는 시간의 잔해들
당신의 기별로 산산조각난 내 얼굴이 멀리 등을 돌리며
인기척을 감추는 동안
당신은 서서히 몸을 움직여
잠 못 드는 내 몸 깊은 곳에 검은 등불로 반짝인다
죽은,
죽은 것처럼 빛이라곤 없는 내 눈이
태양의 먼 귀퉁이에서 속삭이는
과거의 속살들을 발라
안개를 뚫고 일어나는
푸른 넋들의 모이를 주는 동안
봄이 왔다고,

꿈이 비로소 당신 생의 전면에서 피를 흘린다고,
밤새 눈자위를 실룩거리던 바람이
자줏빛 새벽이슬을 머금고는
내 자리에 대신 누운 당신의 그림자를 오래도록 꿰맨다
잠 밖에서 서성이던 그가 비로소 나를 대신해
당신의 풍성한 기억 속에
그럴수록 지워지는,
미래의 지도를 완성했다는 기별이다

한밤의 모터사이클

몸 안의 뼈들이 문득, 粉塵처럼 느껴지는 순간이다

가루로 흩어진 내 몸이 저만치 앞질러 미래의 풍경들을 장악한다

(보아라, 시간이 한꺼번에 터져 늘씬하게 드러눕지 않는가)

이 숨막히는 질주는 자기 자신의 출생지점으로 되돌아가는 별의 행로와 다를 바 없다

내 몸에서 가장 먼 풍경들을 통하지 않고서는

나는 내 심장박동을 느낄 수 없다

아스라한 소음으로 쓰러지는 가로수들이 귀 먹먹한 어둠 속에서 손을 빼낸다

낡은 시간들을 흔들며 춤추다 사라지는 저것들은 어느덧 영겁으로 변해 내 몸의 비린 녹내를 마신다

나를 실어온 길들이 네모난 창공으로 사방에서 펄럭인다

누워 있던 풍경들에서 숨은 바람을 꺼내 흔드는 이 무모한 질주는 도착지가 없어 아름답지 않은가

세계는 이렇듯 맹목의 날 선 눈물 앞에서나 완전하게 허물

어지는 것이다

　사라진 기억들을 불러모으는 나방떼처럼
　불꽃으로 터져나오는 눈물이여,
　영락없이 솟구치는 열락의 핏줄기여,
　바람에 꺾인 모가지로 후진하는 내 몸의 여린 마디들을 불
태워다오
　한낱 시간의 가루에 지나지 않는 내 몸이 허공에서 부서진
불꽃의 잔해로 우수수 지워지고 있다

　모든 풍경을 절해의 고도로 바꾸는 이 늘씬한 음탕함
　정직하게 얼어붙어 시간을 냉각시키는 이 열망은 반성 이
전의 자유, 미친 사유의 폭거
　속도가 세계의 지평을 바꾸는 저 검은 풍경들 속에서 매순
간, 풍경 바깥으로 사라졌던 내가 튀어나온다
　땅 밑 어둠마저 불덩이로 달궈온 저 몸이 속도계 눈금을
삶과 죽음의 경계에서 파르라니 떨게 만든다

이 숨막히는 질주 속에서 살아돌아온 저 몸은 이미 시간 밖의 사물, 외계에서 귀환한 나의 후손이 아니겠는가

외계의 분비물로 가열되는 차가운 열망 속에서

한껏 엎드린 내 몸의 중심이 깃발처럼 펄럭이며 사라지고 있다

한 줄 연기로 풍경을 삼킨 한밤의 심장이 폭풍과 침묵의 교합을 주재하는 동안,

무서운 음악

  끝날 줄 모르는 사랑을 닮은, 내 모든 오장육부에서 터져
나와, 푸른 침묵 일렁이는 어두운 귓속을 파헤치는,

  이 짐승을 들으라,

  닳고 닳은 목젖의 우울한 즙액들을 터치며,

  온 그늘의 푸른 이끼들, 갇힌 숨소리 불러일으켜 세상 도
처로 사라지는,

  번개의 파편처럼 보이지 않는, 저놈의 검은 아가리,

  내 순한 귀를 열고 수천 개 혈관의 가려진 독기를 불러내,
몸 밖으로 출정하는,

  저 고요한 화살의 몸을······

  내가 나의 바깥으로 흘려보내는 노래는 모두 저것의 입김
이다 거울에 대고 숨을 쉬어도 내 얼굴이 지워지지 않는다

  일체의 훈기도 열기도 없이 내 귀를 뚫고 내 얼굴 속에 숨
은 모든 표정을 도발해내는 바람,

  소리를 가둔, 소리의 빛이여

당신이 만약 미라와 사랑에 빠지고 싶다면

날 만나기 위해 화장을 짙게 하고 머리는 도깨비처럼 곤추
세워야 할 거야 접어두었던 꼬리도 길게 펴고 超新星의 빛을
훔쳐 동공을 반짝반짝 닦아줘야 해 무덤의 기억들을 햇볕 아
래 내놓을 순 없으니까

밤마다 찾아오는 눈 밝은 아이들을 발가벗겨 영양 많은 호
기심을 빨아마셔야 해 새롭게 햇볕을 마시고 살 당신에게 궁
금한 것이 없다면 난 연기처럼 당신 앞에서 사라지고 말 테
니까

그 동안 난 낮달을 가슴에 얹어 오래도록 불을 지펴야지
아무것도 담겨 있지 않은 마음이라고 당신이 실망하지 않도
록 이미 죽은 몸이더라도 세상의 녹슨 연장들을 들고 고역중
이라는 걸 보여줘야 하니까

당신과 미궁의 아이를 낳을 거야 오래 전에 내가 먹은 태
양, 내 몸 속에 냉동된 열기를 꺼내어 마음대로 유린하도록,

태양이 남자를 낳았으니 이제 여자가 태양을 낳을 차례, 내 몸을 둥글게 구부려 죽어도 죽지 않는 뿌리를 삼키게 해줘 길은 늘 엉켜 있어야 이 창백한 정신에 번쩍번쩍 불이 들게 하거든 최대한 기분을 엉망으로 만들길 바래 땅 속에서 흙을 빚어 만든 당신의 몸이 엉긴 불기둥으로 다시 샘솟게 하려면

　당신을 일으켜세워 봄볕의 따사한 粉으로 화장한 다음, 날백 번쯤 다시 죽여달라고 당신에게 빌지도 몰라 그러면 어김없이 불칼을 들어 내 면상을 찍어줘 불꽃이 튀는 방향으로 소리를 지르며 몸 속의 모든 벌레들을 만개하는 꽃들의 대궁 속에 던져넣을 테니

타고 남은 초신성

넋을 다 떼어낸 광물이 거리를 떠도네
오래 전에 깨뜨려버린 초신성을 흉부 사이에 깨문 채
삐리리릴리~ 소리내는 이 발성은
흉기로 사랑을 만드는 미련한 지성과 함께하네

넘실거리는 아가씨들 다리 사이엔
짙고 푸른 처녀막들, 은사슬처럼 찰랑거리네
별의 속도로 자라
눈의 결정으로 사라진 아이들,
절 버린 세상을 다시 떠메고 앙큼앙큼 어른으로 자라네

대낮의 별들이 참선하는 구름의 뒤편에서
기어이 쏟아지는 굵은 눈송이들,
한 점 한 점 차가운 음표로 내려
비애로운 열기로 신음하는 처녀들의 눈썹을 얼리네
비어 있는 구름의 복판에서 대낮 창천이 새하얗게 얼어 있네

늙은 여인이 오래 얼린 처녀막에 비로소 칼을 대고
불에서 태어난 노래가 얼음의 흉곽 속에 그물을 치는 여름
의 한복판이네
사람들 이마에 떨어진 눈이 검은 흙으로 변하네
육각결정에 갇힌
한 올의 시간 속에서
만물이 저마다의 속마음을 내비치고 있네

永遠不滅이 一場春夢으로 얼어붙는 여름의 거리,
떼어낸 넋들만이 여전한 생물이라네
오로지 이것만이 이 세상의 유일한 진심이라네

불가사리

감히 내가 죽은 줄 알았단다
뇌수의 팽팽하던 신경들이 톡톡 부러졌단다
머리 터져 핏물 든 밤이 남해 먼바다 해일처럼 드셌단다
죽지 못한 몸에선 아직도 공사가 한창
거울 속 유년을 삼킨 용 한 마리 인두겁 쓰고 솟았다던데
귓바퀴 타고 돌다 핏줄 어느 구석엔가 죽은 쥐처럼 박혀버
렸단다
썩지 못한 껍질을 말리는 중이란다

울부짖지 못하면, 목을 따서라도 쫓아야 한단다
잠 못 든 밤, 여직 못 간 죽음의 나라
열쇠로 걸린 어미 얼굴 지워야 한단다
피 흘리고 골을 터쳐야 한단다
산 송장에서 솟는
붉은 비를 맞아야 한단다

새끼를 낳으면, 신경을 쇠로 이어야 한단다

쇠로 키워야 한단다 불에 깎이고 물과 간통하도록
자디잔 신경 마디마디 은빛 錄을 입혀야 한단다
살을 지펴 지평선까지
철갑을 두르도록 아이야—

인간이 아닌, 괴물이어야 한단다

內歷

남근을 잘라 풀숲에 묻었더니 꽃이 하나 피었습니다
내가 누구냐며 소리치고 있었지요
오직 자기만이 알아먹을 소리로요

한 열흘 비만 내리니 풀숲이 온통 젖어
둥글게 접질린 꽃잎 하나 휘돌아나가는 개천 어귀까지 떠
내려갔어요
개천이 뜨겁게 끓어올랐지요

또 한 열흘 햇볕 내리쬐고 얕아지는 물살 따라
팅팅 불은 꽃잎 하나 흩어진 보리알마냥 갈가리 찢겨 흘렀
지요
그런데 이런! 물빛이 된통 벌건 거 있죠

비바람 뜨내긴 양 머물다 가고 떠다니는 햇빛 비늘들
개천을 시뻘건 용의 등짝으로 달구어버렸어요
유언처럼 터진 용 아가리에 염주도 아닌 누런 알 하나 박

혀 있데요

　근데 그 남근 내 건 아니었던가봐요
　내 몸이 꾸물꾸물 갓난 용새끼처럼 번들거렸던 거 있죠
　잘려나간 자리에 벌나비들 뾰족한 꼬챙이나 박아넣으며
목숨 끊고

거꾸로

겨울에서 봄

불붙은 구름의 입자로 떠오르는 당신의 심장이 일순간 폭발해요 흩어진 잔해들이 멸망한 우주의 도해처럼 펼쳐져요 꽃이라 불리는 저것들이 돌멩이보다 단단한 이유를 저는 알지요

살았을 적이나 지금이나 나는 당신의 상상 속이 아니면 구름도 별도 아니었어요 죽은 자의 말이라면 태풍에 뽑혀나간 늙은 나무만큼도 힘을 못 쓰는 세상에서 당신은 불에 얼려 단단해진 몸으로 땅 속에서 얼어붙은 별을 파먹어요 대지의 늑골을 상하게 하는 텅 빈 바람이 땅 속을 순회하는 동안, 사시사철 여자가 태어나고 노쇠한 남자들이 죽어나가요

여름에서 다시 겨울

살아생전 나는 어떤 여자도 내 어머니로 만들 수 있을 거라 믿어 그리도 뜨거웠었나봐요 죽고 나니 저 깊은 우주 한켠 반점처럼 박힌 혹성 한 알 불타는 소리가 나의 생애였어요

낙하하는 식물들의 시체가 공기의 입자들을 둥글게 부풀
려요 공기방울을 타고 날아오는 저 고단한 소리가 들리나요?
퍽퍽 터지며 환생하는 또다른 우주의 포성이 내가 빠져나간
이승의 빈틈에 내려앉아 죽은 자의 속살을 어루만지고 당신
이 파먹은 별의 응고된 피를 씹어먹어요

　나를 걸러낸 한 인간이 더운피를 마시며 바다의 빛깔을 바
꾸고 있어요

　영원한 가을
　별들은 그저 자신의 항로에서 작은 불빛으로 얼어붙어 있
어요 저 오래된 불빛들이 각각의 결정으로 굳어 우주의 속살
을 발라내길 바래요 허물 벗겨진 짐승의 미끈한 몸에서 차디
찬 신열이 올라요 손을 대면 만물이 잘 죽은 해골처럼 반짝반
짝 웃고요

죽으러 가는 짐승들이 숨죽여 내뱉는 푸른 공기가 별들을 냉각시켜요 우주가 다시 어두워져요 새롭게 눈이 내리면, 사람들은 눈 대신 귀를 열어 물체를 만져야 할 거예요 우주보다 더 거대한 짐승이 색색의 알들을 토해내고 있어요 눈발 사이로 바라본 불빛들이 분칠한 수정을 닮은 이유, 이제야 아시겠어요?

사라진 가을

바람을 타고 실려가는 먼 옛날 피 흘리는 별의 안부가 우주의 새로운 개벽을 알려요 붉은 잉크처럼 번지는 저 별들의 궤적이 내 없는 얼굴을 그리고 있어요 당신이 사라진 지구의 모든 곳에서 죽었던 화산들이 폭발해요 터져 흐르는 용암 속을 헤엄쳐 문드러진 돌멩이 한 알에게 이제 백만년 묵은 제 이름을 헌사하겠어요

그것이 다시, 내가 써갈 당신의 새로운 족보예요

다시 겨울

미래의 한복판이에요

다가올 봄에는 불꽃과 수정의 결혼식에 부조하러 꼭 오세요

미스터리 서클

—닉 케이브에게

일요일 오후, 정지된 빛이 사각의 창을 열고 하얗게 얼어
붙는다
　허공을 굴착하듯 심장에서 네 줄 베이스현이 둥둥거린다
　우주의 자궁을 열고 누군가 지상의 계단을 무겁게 내려오
는 소리
　너는 누구냐, 부르면 부를수록 더 낮게 가라앉는 소리
　얼굴을 드러내지 않는 그는 오로지
　빛의 성질을 말랑말랑한 물질로 바꿔 내 살에 닿게 한다
　그에게 이끌리면
　첨탑 위,
　종소리와 함께 흩어지는 새들의 노래마저
　낮은 곡식의 열매인 양
　기름진 저음으로 두텁다

　살짝 비껴 뜬 낮달의 시야 속으로
　세상의 모든 등고선들이 둥근 평면으로 내려앉는다
　암반처럼 가라앉은 시간의 함몰지대에선 늙은 소와 말들

이 접붙고

  안나푸르나 창백한 고원의 능선들이

  김포평야 드넓은 곡창지대의 유려한 小路로 변한다

  우주의 창으로 부푼 사각의 골방에

  열사의 눈물로 쏟아지는 음악,

  가쁜 호흡 사이 빛으로 끼어든 이 소리는

  광속으로 침투한 별들의 성기인지도 모른다

  땅과 하늘의 경계에서 어둡고 깊은 시간의 누적층이 옷을
벗는다

  길 없는 길들이 지문처럼

  우주의 표식으로 드러나는 순간이다

  지상을 조감하듯 거대해진 창 밖으로

  누구의 뜻인지 모를 문양들이 둥글게 둥글게 확산한다

  거대해진 인간의 감각을 고원의 높이에서 轉寫하는 미스

터리 서클의 연쇄,

  누가 무기질의 열망으로 세계의 질서를 바꾸려 하는가

미로의 끝에서 소리의 마지막 반복구가 움푹 파인 낮달의
누런 이빨에 베어먹힌다
저 왜소한 등짝의 짐승이 이제,
내가 지상에서 처음 목격한 생물의 원형이 될 것이다

零度의 대화

　—죽은 자들이 어디 모여 있다고 생각해?

　—그야, 내 속, 또는, 나를 보는, 네 속, 이든가

　—그럴까? 혹시 너와 나 사이, 그러니까 우리가 마주 보는
이 푸른 허공은 아닐까?

　—동어반복, 의 반복, 숨을, 쉬, 어보지, 입김, 이 어디로,
흐르는, 지,

　—입김이라……?

　—그런, 질문으로 향, 하는 까, 까, 까만 유리, 의 반사
체……?

　—그야, 네가 어디에도 살아 있지 않으니까

　—내가, 네가, 죽, 었다, 는 소리, 소리, 의 그림, 자는 이
벽, 과 저 벽, 사이, 로……?

　—물론, 죽지는 않았지, 그러나 너는 어디에도 살아 있지
않아

　—무슨 개, 소리, 여울의 일렁임, 의 축, 축제……?

　—넌 항상 네가 잣는 실의 방향을 의식하지 않잖아, 언제
나 몸은 가만히 있으면서 모든 게 네게 흘러들어올 거라는 확

신도 없이, 너는 모든 것으로 통하고 모든 걸 받아들이니까

　―내가, 실을 잣는다…… 고행의, 즐거운, 즐거움……? 정, 말……? 평생 처음, 듣는 소리……!

　―물론 처음이겠지, 너는 이전에 너에 대한 어떤 애기도 듣지 못했잖아

　―또, 또, 또, 처음, 의 처음……!

　―그래 모든 게 처음이지! 너에겐 처음 아닌 게 없어, 너는 지금 막 내가 만들어냈으니까

　―만들, 어떤……? 네가 날?

　―그리고 네가 날!

　―우우……! 나는 확실히 알, 고 있어, 머니, 아버, 벗어나고, 도 형제, 발나를, 괴, 롭히는, 즐겁, 즐거운 것 모두!

　―옳거니! 환상이란 게 그런 거지, 물질도 아닌 것이 엄연한 제 이름을 지어달라고 억지를 부리는…… 그러나 명심해, 너는 내가 방금 만들어낸, 물질과 비물질 사이에서 반복운동하는, 이 세상에는 존재하지 않는 상상의 괴물에 불과해! 이건 엄연한 사실이야, 믿을 수 없어도 믿어야 해!

—내가 만들, 었다는 년, 억울하, 지도 않……? 너, 도 네가, 살아, 있을 믿을, 거 아냐, 팔, 다리, 온전, 한 사람 두 사람……

　—억울함 따윈 개나 주라지, 개는 아무거나 잘 먹으니까

　—아아……! 우린, 개한테 먹힐, 먹을 칠, 운명, 들, 이, 로……

　—그러면서 개보다 자유롭지, 우린 살이 없으니까!

　—살이, 없다, 니가……? 그럼, 정, 말 우린, 유령인가, 인, 간?

　—유령처럼 살아 있는 유령의 새끼, 유령의 어미들이지

　—아아! 도무, 무엇인지……! 믿을 수, 없이, 이 말들, 이 끊어져, 바람처, 럼 펄럭이는군

　—다시 묻지, 죽은 자들이 어디에 살아 있다고 생각해?

　—사지를 펼친, 내 빈 몸, 소리치는 모든 입, 나를 부르는 너의 목소리, 죽음 다음에 태어나는, 모든 이들의, 피맺힌 下焦, 속에……

거울 속 호랑이

1

파리가 천장 아래를 배회한다
난 문득, 호랑이처럼 일어서는 식욕 때문에 시야가 어지
럽다
아무것도 씌어지지 않은 창가엔 태양 처녀의 푸르른 솔기
만 고요하다

천장 너머엔 호랑이도 한낱 파리 목숨일 하늘이 떠 있다
이런 당연한 사실이 새삼 무서울 때
세계는 오래된 호랑이 굴처럼 암흑 속의 미지가 된다

2

파리가 거울 쪽으로 이동한다
파리를 통해 보는 거울은 이미 다른 세상을 비추고 있다

거울을 보며 맥주를 한 모금 들이켠다

쇳물이 가득 배어 있는 이 액체는 오래 전 내 열망을 다독
이던 여인의 질액보다 매캐하다

배부른 호랑이가 굴 속으로 숨듯

옛 여인의 어두운 꿈속 같은 액체 속에 나는 잠긴다

시큼한 쇳내음이 내 뼈를 금속으로 바꾸는 듯하다

거울 속에선 파리가 나보다 더 큰 날갯짓으로 창천을 가린다

3

파리가 나를 삼킨 건지

맥주잔 속에 빠진 파리를 내가 들이켠 건지

사방이 온통 거울을 비추는 거울들로 둘러싸여 있다

거울 속에서 거울이 부푼다

거울 속에 붙들린 세계의 표면들이 부푼다

세계는 이미 거울의 홍수 속에 잠겨 있다

호랑이를 삼킨 파리가 제 몸을 쪼개 수억 마리 분신들로
명멸한다

4

잊혀진 여인의 태 속에서 금박으로 장식된 파리떼가 내 몸
을 쫀다

사방으로 빛을 튕겨대는 거울 속에 오래 전 내 얼굴들에
금이 가 있다

인간의 박피가 여느 기계의 표면보다 차고 단단해질 날이
멀지 않았는가

점액질의 기억들로 부식된 영혼이 여인의 상처입은 성기
를 납땜하고

태양에서 떨어져나온 빛이 거울들 사이를 날아다닌다

튀어오르는 불꽃들을 삼키며 호랑이가 울부짖는다

거울 밖으로 날아오르는 파리의 뱃속에서 호랑이 새끼들
이 걸어나온다

바닷가 교회

저 첨탑을 달구는 피는
바다를 건너왔다 검푸른 하늘 자락을 흔들며
지친 새들이 내려앉는다 내 살은 이럴 때
벼락 맞은 물 표면처럼 일렁인다
몇 마디 긴 호흡의 이랑 사이에서
수세기 전의 불빛이 명멸한다
내가 바라보고 건네는 세계는
몸 밑바닥의 욕망을
그대로 닮았다

햇볕의 유장한 담금질 끝에
잠자리에 든 살갗 거친 인종의 어둔 마음들이
붉게 열 오른 인주 자국으로 펄럭이는 불빛을 바닷가로 던
진다
사람들은 잠의 터널 속에서 이 시대를 지나
진흙 뻘밭 무성한 고대의 돌이끼로 부활한다
어디에 박혀 뿌리 깊은 욕망의 씨를 방뇨하는지

붉은 조명으로 창천을 지지는 저 부름은
그러나 누구의 메아리로도 불타지 않는다

잠에서 빠져나온 정신들이
검은 하늘을 펄럭이게 하는 동안
목청을 잃은 새떼들 그림자 추스르며
첨탑의 좁은 血流 속에 온 밤을 우겨넣는다
바라보는 내 눈은 어느덧
바다의 깊은 속살을 뒤집어
내 몸이 그 밑을 기어가게 한다
죽은 듯이 엎드려,
혈맥 속 검은 유령들을 불러모아
電氣를 먹고 사는 짐승들을 진흙밭에 낳게 한다

잠든 애인의 목소리

네 노래엔 습기가 많아
(등 돌리고 잠든 그녀가 말했다)
아무리 쇠를 갈고 불을 지펴도
내 귀에 들리는 건 물소리뿐,
그 뜨겁고 날카로운 물이
내 가슴을 살금살금 찢어
널 혼자 두고 잠든 이 밤에도
벽을 향해 감은 눈 속엔
쇠봉막대기를 흔들며
불 섞인 울음을 토하는 네 두터운 입술이 보여
이 뒤척이는 잠이 향하는 곳은
종유석처럼 늘어진 네 딴딴한 목젖이지
나 몰래 혼자 자위하는
왜소한 등짝 위에는 뭔 괴물이 그리 많은지
안방 고양이를 닮아
시샘 많고 잘 토라지는 근성이
실은 내 애매한 사랑의 표적이긴 해

불을 끄고, 거울 그만 들여다보고
이쁜 척 멋있는 척
네 정신의 두피를 둘러싼 괴물들
천장 귀퉁이 거미줄에 걸쳐놓고 잠들도록 해
네가 잠든 사이,
내게로 옮겨온 네 혼이
사천왕상을 닮아 굵게 펄럭이는
눈썹 밑의 눈곱들을 떼어먹을 테니까

새와 물고기를 닮은 남자

—톰 웨이츠에게

그를 만나기 위해선 새들이 가는 방향을 유심히 지켜봐야
한다
그는 꽃보다는 향기가 가깝고
소리보다는 침묵에 가깝고
얼굴보다는 그림자에 가까우므로

그는 폭풍을 한입 가득 베어문 다음,
사랑하는 여인의 이름을 나지막이 속삭인다
물고기의 비늘들이 하늘을 잘게 부순 늦은 가을,
죽은 여인들은 긴 꼬리비늘을 펄럭이며 그의 부름에 답한다
세상이 적막하다
꽃들에게서 산 짐승의 비린내가 물씬 풍긴다
새들이 날아간 길을 되짚어
사람의 탈을 쓴 그가 다시 술을 마신다

서쪽 베란다에서

아, 보이네 거짓에 무너진 옛 세상이
해 지기 전에 잠든 운명이
내 눈앞을 막고 있네
—한대수, 〈인상〉에서

4층 베란다

베란다는 서쪽을 향하고 피는 북쪽을 향한다 바투 휘날리는 바람을 타고 단단하게 언 노을빛이 눈을 찌른다 이동하던 구름들은 태양의 둘레를 포갠다 불을 마시며 사는 물고기가 없다면 이 순간, 모든 바다는 폐허일 것이다

7층 베란다

맨살을 감춘 태양에 손을 담그니 온몸이 차갑다 인생 최후의 낙하를 꿈꾸는 짧은 순간, 평생토록 내 발 밑을 지탱하던 게 얼음이었음을 깨닫고는 머릿속이 얼어버린다 지금 내려다보이는 세계는 십여 년의 각고 끝에 내 몸이 되어버린 노래의 한 구절을 그대로 보여주고 있다 냉각된 시간 속에 표류하는 구름들, 마지막 피사체로 빛나는, 거짓에 무너진 옛 세상이여

10층 베란다

늙은 가수와 점심을 먹으면서 지껄였던 농담이 하루의 삶을 결정하더라 그게 무서워 오래도록 노래 부르기를 주저했던가보다 노을이 질 때마다 들려오는 웃음소리, 입만 열면 노래가 되는 그의 순한 심성도 얼음의 바다에서 건져올린 것이라고 멋대로 생각했다 그날 점심, 생선찌개 속에 담겨 있던 건 늙은 가수의 살이었다

12층 베란다

나는 빨갛게 얼어붙은 바다 위에 떠 있다 감전된 물고기처럼 퍼덕이는 심장이 구름에 붙들려 사위어가는 태양의 자리를 빼앗으며 노을의 중심에 뜬다 내게서 빠져나간 태양엔 아무런 열기도 없다 빙판처럼 얼어붙은 노을의 경사면을 따라 흥얼흥얼 걸어오는 늙은 가수는 식칼처럼 생긴 생선을 들고 있다 흠씬 두들겨맞은 뒤의 송곳 같은 평화에 대해 그는 아직도 할 노래가 많은 것 같다 내 몸의 피를 다 흘려보내 완성할 밤의 목전에 늙은 가수가 생선 머리를 꽂는다 터져나온 핏물

이 그대로 바다가 된다

베란다 바깥, 북쪽 베란다

짧은 농담 한마디에 얼어버리는 세상이 참 집요하게 뒷덜
미를 부여잡는다 떠나겠다고 생각하니 자꾸 웃음만 나온다
늙은 가수는 밥을 먹다 말고 새삼스레 내 이름을 물었었다 베
란다 안쪽, 빨간 얼음의 성곽으로 변해 내 몸을 얼리는 사람
들의 말소리, 그중 늙은 가수의 호탕한 웃음소리만 유일하게
살아 있는 소리다 적막과 불안의 면상 위에 새겨놓은 핏빛 성
애는 내 마지막 피가 남긴 유일한 양심의 극점이다 북쪽으로
미끄러지는 베란다, 내 피는 서쪽 하늘로 떨어져 새로운 魚族
의 배를 불릴 것이다 물고기 배에서 나온 사람이 구름을 떼밀
듯 베란다를 더 북쪽으로 이동시킨다 그가 바로 네 아들이란
다, 늙은 가수의 노래는 천벌인 양 계속된다 이 무슨 극락에
의 호출인가

낮잠, 바람의 묘지

　축 늘어진 태양이 속살을 헤집는다 입김 하나가 바꿔놓은 바람의 방향을 추적하면 당신이 오래 전에 적어놓은 미래의 기별을 발견할 수 있을지 모른다 골목 어귀에 숨어 오수에 빠진 고양이의 갈색 털 한 가닥이 얕게 가라앉은 시간의 등피를 간질인다 영원이 들려주는 음악이란 이토록 가벼운데 창 밖에서 쿵쾅쿵쾅 대기를 지압하며 넘어오는 피아노 소리는 숨 막히게 슬픈 곡조만 헛된 꽃가루처럼 날려댄다

　슬픔이 이토록 구차한 것인 줄 미리 알았더라면 나는 오래 전에 사막으로 건너가 뜨거운 피를 말렸을 것이다 세월이 빠져나간 몸뚱이는 병든 바다처럼 오래된 물길을 떠올리며 미지근해진 머릿속의 잔해들을 헤쳐나간다 몸이 지난 자리마다 고여 있는 기억들을 수시로 퍼가는 건 내일에 속하는 그때의 바람일 뿐, 영원한 현재 속에 갇힌 이 짧은 죽음은 잠에서 깬 고양이가 다른 골목으로 불현듯 사라지는 모습처럼 도대체 정체가 없다 오로지 빚을 진 데라고는 죽음밖에 없는 내가 순간마다 바뀌는 바람의 방향 속에 모든 죽음을 완성해버린 것

이라면 그토록 가혹한 부채탕감이 또 있겠는가

　이 길고도 얕은 잠은 당신이 미리 써버린 과거의 내 일기
라는 걸 알더라도 나는 여전히 당신을 아는 척할 수 없다 늦
은 밤 집 앞에서 다시 만난 갈색 고양이의 푸른 눈빛이 무언
가 알려준다 하더라도 밤이 되도록 끊이지 않는 이 검은 피아
노의 하소연에 응해줄 대답을 나는 오래 전에 다 뱉어버리고
말았다 피아노 소리가 멈추고 나서야 고양이 눈 속에 숨은 당
신은 비로소 나의 기록들을 전부 펼쳐 보이겠지만 지금은 바
람이 없기에 깨어남도 망가짐도 없다 뚜렷하게 죽어 있느니
혼란스레 사라지리라

불꽃벌레

A-side
당신은 비 내리는 길 위에 잠깐 서 있다
무모하게 담배를 피워물고
길이 끝나는 곳에서 거대하게 부서지는 빗소리의 궤적을
몸 안에 새기며 불꽃처럼 나타났다 사라진다

당신을 바라보는 내 몸엔
커다란 구멍 속에 다른 구멍들이 자꾸 번져간다
구멍 속에서 소리가 비로소 몸이 되어
몸 안에 암장된 오래된 세상의 기별들을 분수처럼 뽑아올
린다
내 몸이 온통 당신으로 젖어 불타는 이 순간,
당신은 나를 먹고 세상을 토하는
지상에서 유일한 불꽃벌레

B-side

구름은 땅의 실루엣

불 위를 날아다니는 벌레처럼

당신이 피워문 무모한 담뱃불로는

아무것도 태울 수 없다

아무것도 태울 수 없는 무모함으로 당신은 오래도록 빛난다

태어나면서 전신으로 사라지는 것만큼 명징한 불길이 또
있겠느냐

내 몸이 당신으로 인해 깊게 파인다

확실한 불길이 아니라면 물을 뿜지 못하는 이 거대한 구멍은

내가 오래 전에 유기해버린 당신의 마음,

당신은 나를 먹고 세상을 토하는

지상에서 유일한 불꽃벌레

하나뿐인 음식

당신과 헤어지려는 지금,

땅 밑 세상이 도처에서 불거져나와 당신의 얼굴을 바꾸고
있네요

당신이 바라보는 인간은

당신이 오래 전 몸 밖으로 유기해버린 한 덩어리 똥일 수
도 있습니다

사랑이란 인간의 뒤집어진 피부 안쪽을 들쑤셔

피와 살을 나눠먹는 일 아닐까 해요

먼 별의 눈동자를 빌려 지금, 사랑하는 사람의 기름진 똥
을 살펴보세요

그 징그러운 물질의 차진 덩어리가 당신의 허기진 뱃속에
서 오랜 시간의 시체들을 다독이곤 하니까

내가 오래도록 들여다본 당신의 가랑이 사이는

녹색 분비물들을 다 흘려 내보낸 늙고 거대한 나무의 그루
터기 같더군요

바람이 불 때마다 복통이 일었던 이유, 이제는 알겠지요?

움푹 파이고 수분이 많은 것들을 볼 때면

내 몸에서 빠져나와 날 삼키려 덤비는 누군가의 젖은 눈이

떠올라요

어미의 눈을 찔러 절 다시 낳아달라고 소리치는 그를 대신해

난 저 깊은 눈 속, 세상의 가려진 음부를 다시 들쑤십니다

다른 바람이 한순간 당신의 등을 두드려 속엣것을 달라고

하면

당신의 수정란을 헤집던 내가 누군가의 살을 다시 먹고 있

다고 여기시길……

우린 서로의 비린 입맛을 돋우던

지상의 하나뿐인 음식이었으니까요

봄날의 전장

죽은 시간이 몸 안에 가득하다

불 속으로 사라진 당신은

혀끝에 남은 짧은 소리들을 부풀려 꽃들의 봉오리를 연다

온통 축축한 밤공기에 석유 타는 냄새가 배어 있다

불의 길을 따라 천천히 잦아든 몸에서

기름 섞인 피내음이 흐르고

머나먼 사막에선 전쟁이 한창이다

술 취한 시인들은 길가의 꽃들을 쪼아먹으며

허파 가득 포연을 되새김질한다

포연 속에 사라진 봄이 난간에 앉은 새들의 깃털마다 박혀

있다

내 작은 집엔 생면부지의 유령들만 구구구 울어댄다

오래된 첨탑 주위에서 떠돌던 구름이

불을 뿜는 새들을 불러모아

사막의 번개를 훈장처럼 창가에 아로새긴다

남자들이 얕은 숨을 뱉으며

또다른 여자를 찾아 헤매듯

전쟁을 찾아 먼 바다를 달려온 태양이
붕괴된 지평선의 모래알들을 흩뿌린다
죽지 못한 시인은 불에 구운 모래를
여전히 빗물이라 착각한다
꽃들이 공기를 연인이라 여기고
하늘이 새들의 고향 행세를 하는 게
이 낡은 별이 끝끝내 망하지 않는 명분이다
죽은 것들이 산 자를 흉내내는 봄밤
검게 입덧하며 허공에 뜬다
혀를 뽑으니 온 천지가 피 묻은 사막이다
내 안의 시인이 드디어 자결한 것이다

봄밤

눈 녹아 파래진 천체가 창가에 떴습니다
당신의 이마를 두드려 숨은 사랑을 꺼내듯
별들을 호출합니다
땅을 뚫고 나오는 뱀들의 머리에 불볕이 일어
오래 냉각된 몸 안의 물살들이 아지랑이로 날아오릅니다
내 몸이 만물 속으로 사라집니다
사라지며 비로소 그늘이 되고 바람이 되어
수천년 살아남은 이끼들의 숨결을 해독합니다
만방으로 번지는 노래 속에
별들이 잘 녹은 설탕처럼
몸 속을 성큼성큼 적시고
읽을 수 없게 번진 문장 속에 펼쳐지는 당신의 우주
망각은 누런 꽃들의 뿌리 속에 단단한 즙으로 흐르지요
그 뿌리를 씹어
피고름에 덮인 죽은 詩나 짜 마셔봅니다
그리하여 여름이면 산달이 가까워
곱게 실성한 거미떼들이 대낮 허공에 찬란한 별자리를 그

려놓을 겁니다

　거미줄에 걸린 놈들 중 제일 어둡게 보이는 짐승이

　아마도 내 기억 속 가장 먼 곳에서 돌아온 당신의 기별일

거예요

망치를 든 사랑

꽃이라도 몇 송이 들고서 말해야 할는지 모르겠으나
꽃을 든 손은 망치를 든 손보다 아름답지 못한 걸 압니다

언젠가 내 마음보다 헐렁한 주머니를 털어 꽃을 몇 송이
건네봤지만
당신에게 날아든 건 가난한 집 지붕을 찢는 벼락 같은 것
이었죠

아시다시피 벼락은 뾰족합니다
손에 쥐면 피가 흐르고
피가 흐른 다음엔
그 피를 핥으며 땅 밑에서 올라온 이상한 짐승들이
잘 알던 곳의 지도를 바꿔버리지요
낯선 곳에선 내 몸도 이미 내 몸이 아니랍니다

벼락이 찢어놓은 하늘 속으로 빗방울 타고 들어가려다가
물컹하게 밟히는 그 어두운 통로가

내 마음속이란 걸 알곤 고꾸라지고 말았지요
그래요, 마음이란 게 생겨나기도 전에
내가 먼저 그놈을 死産시킨 이후론
펭귄이나 순록 같은 것들의 희미한 눈동자가 오래도록
몸 속을 들락거리는 걸 느낄 수 있었답니다
빙점 아래로 떨어진 체온이 태양을 얼려
벼락 모양의 눈물이 온몸에 가시처럼 돋아나기도 했구요

내 머리 뚜껑을 열고 해독되지 않는 책을 펼쳐 읽던 당신은
밤새 골수를 후비다 새벽녘에야 몸 밖으로 빠져나온
썩은 어금니랑 다를 바 없습니다
눈물에 뜯긴 자국만 혹성의 분화구처럼 뚫려 있는 베개가
그런 게 사랑이라면서 먼지를 폴폴 날리더군요

그녀들의 연금술

구름으로 밀폐된 숲속으로 사랑했던 모든 여자들이 몰려
든다
내 몸을 발가벗기고 덤불로 亂交하는 사방 꽃들의 슬픈 질
액 속에 담궈
한 술씩 떠먹는다 만개한 꽃잎으로 날리는 내 말들이 그녀
들의 입 속으로 스밀 때,
난 이미 그녀들의 슬픈 아비다

그녀들의 눈동자엔 동공이 없다
내가 어느덧 모든 풍경으로 그녀들 앞에서 번득거렸기 때
문이다
땀방울처럼 그녀들의 이마에서 반짝이는 다른 세상의 알들,
어느 외계에서 불어온 바람이 그것들을 훔쳐 지상의 계통
수를 바꿔놓겠는가
내 몸을 갈가리 찢어 흐르는 즙으로 그들을 살찌우는 그녀
들이 없다면

그녀들이 곧 날 다시 낳을 것이다

그녀들을 둘러싼 구름의 더께가 엷어져 새들이 새로 탄생
한 꽃의 이름을 외울 것이다

내 영혼이 방생되는 순간이다

깊은 숨과 함께 항문에서 긴 바람이 새어나온다

오랜 천둥으로 마름질된 아이가 거죽만 남은 내 몸을 껴입
고 용두질을 하고 있다

아이의 성기 밖으로 터져나온 저 물질을 자세히 보라

그녀들의 이마에서 빛나던 그 알은 어쩌면 저 늙은 아이가
슬어놓은 건지도 모른다

구름들이 사라진 풀숲에 짐승처럼 울부짖는 꽃들의 곡성이

새된 나무들의 정기를 빨아마시고 있다

숲의 궁륭에 새로운 별들을 매달고 있다

기억의 사슬

　새벽녘 담배를 사러 나갔다가 街燈 하나 없는 골목 어귀에
서 문득, 길을 잃었다 늘상 다니던 길이건만 편의점으로 빠지
던 그 길이 도대체 나타나지 않는다 어둠 속에서 벽을 짚듯이
두 팔을 어설픈 평영으로 뻗치며 조금씩 저려오는 오금을 뻣
뻣이 세웠다 그러자, 차츰씩 시야가 명확해지고, 흑백으로 죽
었다가 어둠을 바탕으로 본래의 색을 껴입는 집들이나 계단
목 따위가, 간만에 만난 지기처럼 정겹기만 하다 그러나 아무
리 거닐어도 편의점 불빛은 보이지 않는다 편의점이 있었다
고 기억하는 내가 그 순간, 너무 낯설어진다 내가 지금 꿈속
을 거닐고 있거나, 편의점이 있던 그곳이 꿈속이었거나 둘 중
하나지만, 기억이란 건 이토록 허술하기만 할 뿐, 무엇 하나
명확하게 일러주지 못한다

　골목을 두어 개 더 빠져나오니, 어느덧 햇살이 깔리기 시
작한 동사무소 앞 좁은 갈래길이 늘 지나오던 그 길이긴 한
데, 이번엔 문득, 내가 집을 나온 까닭을 알 수 없어진다 그럴
나이도 아닌데 건망증이 지나치다 싶어, 이건 숫제 치매가 아

닐까, 홀연 눈앞이 컴컴해지면서 두 손은 엉금엉금 제 살을 더듬거린다 이런 착각 따위 어디에선가 읽은 적이 있지만, 이미 기억은 내 편이 아니다 나는 손에 만져지는 살이 온전한 내 것인지조차 의심스러워진다 아니나 다를까, 살을 잡아떼듯 꼬집어도 아픔이 느껴지지 않는다 여태까지의 정황으로 보아 충분히 예상됐던 일이지만, 이번엔 그게 너무도 정확히 적중했다는 사실에 눈앞에 펼쳐져 있던 이 뻔한 골목들의 구조를 한꺼번에 뒤섞어버린다 내 신뢰 못 할 눈, 내 못마땅한 기억의 사슬이 말이다

   점점 날은 밝아오고, 거리에 하나 둘 사람들의 모습이 눈에 띄기 시작하지만, 나는 어둠의 살 깊숙이 파묻혀버린 내 본모습을 찾으려 뒤뚱뒤뚱, 몸 안의 어둠 속으로 가기 위해, 온전치 못한 몸을 뒤집는다 나도 잘 알지 못하는 얼굴들이 사창가 진열대 속 여인네들처럼, 어벙벙해진 내 정신을 이리 끌고 저리 밀고 하는데, 나는 홀연히 나타났다 사라져가는 저 얼굴들이 모두 내 얼굴 같고 또 모두 낯설어 보여, 문득 담배

를 피우고 싶어진다 그러나 주머니는 텅 비어 있고 갑갑해진 숨을 돌리려 고개를 돌리니 아뿔싸! 편의점 불빛이 코앞에서 번쩍거리고 있다 담배를 사, 들끓던 속을 삭히려 한 대 피워 물고 집 앞 골목까지 다다르니, 먹이를 삼킨 맹수의 번들거리는 눈동자 같은 달이 제 빛을 해 오르는 동편으로 떠넘기며, 슬그머니 눈을 감고 있다

기린은 환영이다

평일 오후에 동물원을 찾는 사람들이란 뭔가 이 세상 아닌 다른 세상을 보고 싶은 욕망에 찌든 족속들일 테다 동물원 초입에서 만난 기린은 이곳이 가짜의 세상일 거라는 확신을 갖게 만든다 기린은 공기 속에 감춰진 물감들이 스스로 몸을 풀어 새겨놓은 허공의 환영과도 같다 인간의 키보다 서너 배 높은 허공에서 느릿느릿 움직이는 저 커다란 짐승을 향해 카메라를 들이대면 기린은 실제보다 더 커 보인다 액정에 뜬 기린의 모습을 기묘하다는 듯 바라보는 이 사람은 사실 기린의 눈으로 보건대, 긴 얼룩무늬 혀로 한번 스윽 핥으면 사라질 우주의 얼룩에 불과할지도 모른다 기린은 그 맛을 짜게도 달게도 느끼지 않는다 그저 날숨 다음에 그 큰 콧구멍으로 빠져나간 달짝지근한 공기의 파동만큼만 스스로의 움직임을 자각할 뿐이다

기린을 시야에 넣는 순간 그렇게 한 세계가 지워지고 내가 지워지고 기린마저 지워진다 기린은 그러나 자신의 모습이 사람들의 눈에 하나의 기다란 생물의 형태로 나타난다는 사

실을 의식하지 못한다 기린은 그것을 보고자 하는 사람들의
욕망이 만들어낸 집단적 홀로그램과도 같다 가난한 인간들
을 위한 집 몇 채를 분양해도 좋을 만큼 널따랗게 가공된 초
원에서 있는 듯 없는 듯, 움직이는 듯 가만히 있는 기린들을
보면서 사람들이 집단으로 모여 무언가에 대한 열망을 토로
하는 또다른 세계를 떠올린다 사람들은 결국 기린을 보고 싶
어하는 불가능한 열망을 위해 실제로 몸을 움직이고 소리를
드높이는 게 아닌가 그러나 기린은 우리가 그를 보는 순간
커다란 몸을 드러내지만 눈앞에 나타난 기린은 기린이 없다
는 참기 어려운 진리만 알려준다 그럼에도 기린은 계속 움직
인다 입을 오물거리고 이쪽을 멀뚱거리다가 갑자기 화가 난
듯 성큼성큼 기중기처럼 움직여 세계의 차원을 뒤바꾼다 기
린을 오랫동안 보고 있으면 이미 세상 밖이거나 세상의 더
깊은 속이다

　　기린에게서 등을 돌리는 순간, 여태껏 한 번도 들어보지
못한 그윽한 울음소리가 대기에 가득 찬다 먹구름이 몰려온

다 그러고 보니 기린을 처음 보는 순간부터 이 사람은 조만간 물결에 쓸려나갈 흐릿한 그림 같은 걸 떠올렸던 것 같다 기린의 울음을 들으려면 이토록 오랜 시간과 굵직한 상념의 동굴을 지나와야 하는 것이다 사람 하나의 몸을 통째로 삼키고도 여백이 남을 긴 목은 도대체 몇 광년의 어둠을 머금고 있는 것일까 기린이 완전히 사라지자 비가 내린다 이 사람의 평범함은 기린의 위대한 침묵 앞에서 서서히 목을 조아린다 이 비는 과연 어떤 알지 못할 짐승의 타액이길래 이토록 정겹게 허망한가 정작 동물원이 가두고 있는 게 사람이란 걸 안다면 평일엔 되도록 피하라고 일러두고 싶다 기린과 함께 사라진 게 알고 보면 당신 자신이었다는 사실에 대해 그저 크게 웃고 말 배짱이 없으시다면 말이다

폭우

—다시, 톰 웨이츠에게

훈제오징어 다리처럼 살이 휘어진 우산은 받치는 둥 마는 둥
몸을 홀딱 적신 채
급류에 떠밀려온 인어공주라도 기다리는 양
멀찍이 고개를 돌렸죠
그랬더니 내가 기다렸던 게 정말 인어공주였다는 걸 깨닫
고는
그만 그 자리에서 온몸이 줄줄 흘러내렸어요
우산들이 거꾸로 뒤집어져서는 大路 위를 둥둥 떠다니고
지하철 역 입구에선 막 태어난 새들이
귀를 쫑긋 세우고는 빗방울에 섞인 몸을 받아먹데요

모든 음악이 인어의 신음 소리로 들리니
이제 인간의 사랑은 글렀어라
이렇게까지 말하는데도
인어의 신음 소리가 무어냐고 묻는 당신,
내 사랑이 아니어라
지구가 이토록 열렬히 물집을 터뜨리고

새와 물고기가 허공에서 살을 맞대 온갖 울음 토해내는데
인간의 말이 따로 어디 있다고

거미인간의 초대

　어느 날, 수많은 날과 날 사이에 박혀 죽은, 또다른 날, 죽은 별똥 하나가 잠든 내 이마를 두드렸습니다 잠은 깨지 않았으나, 둥그런, 비어 있던 의식의 창고가 물 같은 어둠을 엎지르면서 딱딱한 별의 시신을 몸 속 깊이 빨아당겼지요 여전히 깨지 않는 잠 속에서도, 그러나 나는 깨어 있었답니다

　죽은 별 속 차거운 진흙의 무게가 여윈 체중을 불리고 있었지요 허나, 몸부피는 그대로였어요 변하지 않는 몸의 체적 안에, 잠들기 전의 것이 아닌, 보다 크고 묵직하면서도, 보다 넓고 한없이 팽창하는, 기이한 창공이 펼쳐졌어요 여전한 잠 속이지만, 나는 내가 천 년 이상을 깨어 있었던 거라고 깨달았지요 매일매일의 잠이 메마른 퇴적으로 굳어 팽창하는 공간 한 귀퉁이에 장승처럼 꽂혀 있었어요 파르르니 떨리는 웃음이 머뭇거리는 입매 끝에 무슨 분장인 양 칠갑돼 있었는데, 나는 그게 언젠가 등짝을 짓누르던, 제 몸에서 떨어져나와, 제 몸과는 다르게, 제 몸에 저항하던, 고체로 눌어붙은 바람의 껍질 같아 보였어요

네모진 듯하면서도, 팽창하는 허공의 한 점처럼 굵고 둥근, 둥글면서도 먼 곳에서 날아오는 화살의 끝마냥 날카로운 그것이 잠 속인 듯, 잠에서 깨인 듯, 아니면, 잠과 깨임 그 양편에 절반씩 몸을 나뉜 듯한 내 이마에 박혀들었지요 별똥이 뚫고 들어온 그, 둥그런, 비어 있는 의식의 창고 속으로 말이지요 그러자 부풀던 몸이, 튜브가 터진 양, 온 사방으로 핏물인지 체액인지, 끈적하면서도 질긴 물질을 뽑아내기 시작했지요 길쭉하고, 균일한 매듭으로 복잡하게 얽힌 채, 몸 스치는 곳마다 단단한 물레질로 풀렸다 모이고, 모였다 풀리는 그것은, 성긴 시간의 마디들을 새로이 조이고 묶어, 전혀 다른 시간의 얼개를 펼치는, 시간의 동력줄 같은 것이었지요 잠 밖으로 빠져나온, 그러나 여전히 잠을 향해 정신을 거슬러오르는 내 몸이, 체적은 그대로이되, 한없이 작으면서 끝없이 팽창하는 공간의 부력으로, 더없이 가벼운, 초유의 각질을 번득거리면서, 그 가운데 걸려 있었어요

그리고 이곳은, 내 몸이 낳은, 새로운 몸의 거처랍니다

 늘 깨어 있는 잠 속에서, 그 검은 내부를 수천의 올로 펼쳐
빠져나오는 세계가, 깊은 잠의 겉과 속을, 다각도의 유리공으
로 뭉쳐뜨려, 늘 보아오던 사물들을, 처음 보는 어떤 것으로
바꿔놓고 있지요

거미인간의 시

— 새벽거미

흩어진 태양을 하나씩 짊어지고
내 몸은 사방팔방 볕 들지 않는 곳들을 어슬렁거린다
세상의 빛들이 내 안에서 뭉쳐
더는 빛나지 않는 세계,
끈적이는 체액들이 흘러나와
어두운 陰核의 태초를 엮는다

내 감각은 서늘한 공기 속에서 빛난다
감각이 열릴 때, 세상 도처가 나의 거처다
온몸으로 버석거리며 알을 까는 햇빛,
중세의 투구처럼 곧게 반짝이는 이마를 세우며
물기 진득한 어둠의 올들을 풀어 펼친다
아스러지는 햇빛의 차양 아래
더 강한 빛으로 확산하는
어둠의 가닥 가닥들

망막을 궁굴릴 때마다 죽은 과거가,

되살아나는 과거가,

과거 속에 죽은 미래의 광선들이, 허공에 드리워진다

그러나 나는 아무것도 의도하지 않았다

내 안의 어둠을 풀어 빛의 架橋들을 낳는 것,

적막한 이승을 가둔 채 내 촉수의 그물망에 걸리는

세계의 무거운 시신에 대해서

거미인간의 시
—다시 쓴 족보

병든 어미 등을 따

골육의 썩은 상처 풀어헤쳐 멕였구요

멕이고 남은 껍질 한때 玉體였던 金箔 씨실로

골방지기 아비 숨통 죄었어요 젖줄 한 올 한 올 목숨 끊긴

아비 싸맸지요

치렁치렁 별들이 가라앉은 땅 위엔 날 닮은 아비 죽어 있

었대요

금실이 온몸에서 빛을 뽑는 줄도 몰랐어요

죽음은 참 충만한 외계라지요

내가 먹은 어미, 몸 속에서 몸 밖으로 한 땀 한 땀 다시 났

어요

진흙으로 빚은 빛덩이들 툭툭, 쏘아올려져

하늘이 금세 진흙 비를 뿌렸대요

터지는 빗줄기 따라 나를 또 아비라 부르는 길들이 쏟아졌

어요

수억 마리씩이나 굳은 몸 헤집어

죽은 어미 골 속까지 딛고 내려갈 층계를 엮었답니다

꾸들꾸들해진 살빛이
석판 위의 돼지비계처럼 녹았더랬어요
내 이빨이 돌연 내 골수를 노리고 있더군요
거기, 죽은 어미 무덤 말야요
뼈를 꺾고 내장을 쭈그려 배꼽 아래,
어미가 채 못 거두어 간 그루터길 깨물었지요, 징했어요
불도 아닌 것이, 물도 아닌 것이
  척척한 냄새 만방으로 터뜨리며 천지로 튀었구요 바람이
뼛가루 그러모아 몸 속 깊이 새살을 입혔어요

뎅그렁 뎅그렁
내 있던 자리 타고 남은 심줄들을 바람이 긁어댈 때,
그 소리 어쩐지 몸 깊은 데서 날 부르는
어미 음성 같아 울음, 울었어요
온몸에서 천체가 뽑혀나왔지요

별 한 점 한 점마다 새카만 내 새끼들 다시,

  넓게 펼친 허공 뻘밭 위에 종생토록 떼어먹을 어미 살점들

을 낳고 있었답니다

거미인간의 시
—정오의 산책

투명하게 녹은 살갗이 허공에 분비된다
이제, 내 살은 나만의 것이 아니다
확산하는 저 깊고 붉은 同心에까지
까맣게 익은 내 알몸이 섞여 있다

나의 보잘것없는 노동이란
인간들은 잘 보지 못하는
낮고 그늘진 벽과
전망이 흐릿한 난간 사이에 이음매를 엮는 것,
바람이 한번 뜨거운 눈길을 흘기고 지나자
그림자를 벗은 사물들, 뿌옇게 얽힌다
대기가 온통 빛의 미세한 실핏줄 더미 속에
하나로 뭉친다

육질의 혈관들로 번득이는 가교,
내 하잘것없는 충동과 본능으로
분비된 허공의 몸길을 따라 어느덧 붉은 중심이

대지에 밋밋한 그림자로 갈라진다
덤불을 이룬 빛의 단층 사이,
각질의 피부가 반복운동하며
명멸하는 한 世紀를 흩뿌려놓으면
더이상 시선 바깥에 머물지 않는
무정란의 세계가
몸 깊은 곳 은밀한 돌기를 열고
태양까지 뻗어오른다

거미인간의 시

— 하오의 독백

1

내가 가만히 엎드려 줄을 뽑는 만큼
잠든 듯 보이는 저 집들도
자기의 일을 하고 있다
드문드문 앉았다 떠나는 바람의 목소리가
흘러가는 그대로 또다른 집들이 생겨난다
한 땀 한 땀 얽히는 인간들의
짧은 삶과 죽음
우주는 넓디넓은데
나는 오로지 파편으로만 그걸 깨닫는다
내 몸이 우주의 파편이어서가 아니다
내가 느끼는 우주가 나의 파편이기 때문이다
내 신경을 긁고
내 몸 속 엉킨 시간으로 축조된 집들에게
이 우주를 빠져나갈 구멍이란 존재하지 않는다

2

햇빛이 내 몸을 관통해나가면서
우주의 거대한 시계가
제각각의 방향으로 다시, 흩어진다
비록 좁고 근시인 시력이지만
이 팽팽한 감각의 줄 위에선
한 식경도 영원이다
바다 속 깊이를 재는
태양의 늘어진 턱이 슬그머니 지구 반대편
어둠의 휘장으로 뒤덮인
어느 섬의 파도 소리를 이끌고 온다
허둥대는 물풀과
무리를 지어 이동하는 물고기떼의 비늘들이
오후 세시, 비 그친 도로 한복판까지 밀려온다
사람들이 놀라지 않는 까닭은
핏줄 속에 이 오래된 착란을 숨기고 있는 탓이다

내가 보는 그대로
난반사하는 사물의 뼈들이
가상의 골격들을 일으켜세운다
무심코 나를 스친 사람들이
여린 신경의 막 위에
사지를 찢긴 채
널리기 시작한다

3

때때로 이 집을 유심히 들여다보는 사람들이 있다 눈빛이
맑은 어린아이이거나 뭔가 잘 풀리지 않는 일에 직면해 해결
책을 골몰하는 사람들일 것이다 그들이 내 거처를 오로지 시
선만으로 들락거리는 동안, 나는 그 무심한 눈길 속을 거슬러
들어가 심장 표면의 섬모들 하나하나에서 진동하는 습진 음
악을 꺼내오곤 한다 그때, 내 몸은 아주 조금 움직이는 듯 보

인다 날 보는 인간은 두려움 때문이라고 생각할 것이다 그 자족적인 우월감에 양념을 치듯 나는 더 몸놀림을 빨리한다 애초에 의도하지 않은 포획의지가 인간의 마음속에 싹터오른다 다리 끝에서 불꽃이 번지듯 황홀한 진동이 울려퍼진다 내 안에 숨어 있던 음악이 조금씩 거세지는 인간의 맥박 속에 뒤섞인다 그 희미한 선율의 길을 따라 나는 점점 인간으로부터 멀어진다 주춤주춤 더 힘을 들일 것인지 말지를 갈등하는 인간의 탁한 시선이 느껴진다 나는 모든 동작을 멈추고 발끝에 모인 근력들을 하복부로 끌어당긴다 인간의 마음속에 어떤 냉철한 상황을 잃어버린 공허가 깃든다 나는 그 허허로운 우주속으로 여태껏 줄 위에서 진동하던 소리들을 흘려보낸다

기어코 인간이 돌아선다
길에 늘어진 인간의 그림자 위에 다시, 균열된 시간의 심줄들이 그물을 짠다 새카맣게 타버린 시간의 시체 하나, 별똥처럼 그 위로 떨어져내린다

거미인간의 시
― 새로운 식욕

1

오래도록 삼키고 있던 과거를 뱉었다
그러고 보니 毒蟲이었다
뱉어내지 못한 남은 살들이 울고 있었다
눈앞의 것들이 백색의 그림자로 지워지면서
그때야 비로소,
배만 부르면 슬퍼지던 까닭을 알 수 있었다

2

몸이 하얗게 타들어갔어요 하늘의 거대한 바퀴가 흰빛의
시선을 타고 심장 한가운데 와 박혔어요 핏줄들이 항문을 열
고 천지로 흘렀구요 우우랄라! 내 몸에서 검은빛이 번졌어요
만져보면 살의 찌끼, 입이 삼켰던 짐승의 잔해, 촉수마다 엉
겨 있던 시간의 가시였지요 온통 희었어요 검은 문자 사이의

허연 침묵처럼 투명한 실선들이 백색의 어둠 위에 금을 그었
어요 찢긴 침묵, 아으! 깨알 같은 낱말들이 불붙었어요 나자
마자 침묵이 되는 소리들, 피가 돌면서 죽음을 마시는 심장에
서 은빛 눈물의 四海가 터져나왔어요 우우랄라! 천지가 새로
씌어졌구요 내 빈 몸 헐떡이는 腹筋의 바퀴를 돌아 내가 먹은
시간들이 실을 잣고 있었어요 물과 바람의 원심동력으로 투
명한 부재의 빛깔들을 허공에 퍼뜨리고 있었어요

   3

   과거를 비워,
   부실해진 육체마저 텅 비우세요
   꾹 닫힌 시간의 자루들을 풀어놓으세요
   그리하여 적멸의 허기로 가설된 내 빈 몸의 위장 속을 통
과하세요
   시간의 녹슨 뼈마디들이

눈물보다 더 비린 액체로 갈아지고 있어요

천지로 뻗치는

햇볕 아래 투명한 거처 위에서

거미인간의 시

— 별빛들

눈부셨던 가교들이 푸른 공기 속으로 숨는다
사라지는 건 아니다 어둠에 대비해
내 몸을 어둠의 육질로 바꾸어야 한다
펼쳐놓았던 모든 생각들을 거두고
하루 동안 걷어올린 양분들을 여덟 개의 다리 끝으로
균등히 나누어야 한다
내 고유의 방사선 안으로 갇힌 세계,
밤의 씁쓰레한 식욕 앞에 사물들은 저마다
각각의 이름들로 어둡게 정좌할 것이다

인간들의 마을 곁에서
불꽃을 이고 흐르는 바다의 암록빛 견골과
우울한 식탁 앞으로 터져나오는 울분들,
빗장을 내린 시간의 무게가
물컹해진 내 등피 위에 얹힌다
새롭게 펼칠 또다른 세계가
내 안에서 씨줄 날줄을 켜는 줄도 모르고

밤은 출렁이며 걷는 곳곳마다
미래의 별빛들을 슬어놓는다

들판을 달리는 토끼
—준규에게

토끼라는 이름을 가진 이 소리는

당신이 밤새 두드리는 머릿속의 열기 한가운데 너른 벌판
을 열고 뛰어나올지 모른다

토끼라는 것이 가벼운 발과

소리나지 않는 입과

가늘게 찢어진 눈 옆에 길고 뾰족한 두 귀를 가지고 있다
는 것에 대해

당신은 불만을 표시해도 괜찮고

박수를 치며 환영해도 나쁘지 않다

토끼는 어쩌면 당신이 그토록 오랫동안 기다려왔던 질문
에 대한 대답일 수 있으므로

토끼는 달린다

토끼는 달린다

당신이 원하는 바로 그 대답이 아닌 토끼도 달리고

당신이 원하던 바로 그 토끼도 빠른 발로 대답하며 달아

난다

　여전히 대답하지 않는 저 먼 시간의 침묵까지 짊어진 토끼는

　자기가 토끼라는 사실을 잊기 위해서라도 달린다

　자기가 토끼라는 사실을 알리기 위해서라도 달린다

　토끼가 달린다

　토끼는 달리면서 자꾸만 토끼 아닌 것이 된다

　토끼 아닌 것이 된 토끼가

　오래도록 토끼가 되기 위해 달리고 또 달린다

　토끼가 달리는 이곳은 당신이나 내가 한 번도 가보지 않은

어느 바닷가여도 좋고

　토끼를 바라보는 그 눈이 수십 년 전에 첫 음을 터뜨린 어

느 음악 속의 귀 쓰라린 진공이어도 좋다

　토끼는 유일한 한 마리가 더욱 좋을 수 있으나

　토끼가 유일한 한 마리라는 건

　토끼를 더더욱 사랑할 수 없는 유일한 조건이 된다

토끼가 달린다

사랑할 수 없는 토끼가 달리고

달리면서 토끼는 자꾸만 사랑하고 싶은 토끼가 된다

토끼가 토끼 바깥을 달린다

토끼의 바깥에서 토끼는 오래도록 토끼가 되기 위해 달린다

토끼는 달리면서

새가 되기도 하고

가랑잎처럼 쓰러지기도 하고

동전이 되어 구르다가

자동차 앞바퀴에 깔려 제 생의 모든 슬라이드 필름을 상영

해버린 생쥐마냥 내장을 드러내기도 한다

토끼 이외의 것이 될 수 없는 토끼는

토끼 이외의 것들을 살피면서

李箱이 되고

金洙暎도 되고

李小龍도 되었다가
골문 앞에서 요동치는 朴智星처럼 뛰어올라
다시 바람이 되어 사라지지만
토끼는 아무래도 토끼 아닌 것들 속에서
스스로의 이름을 발놀림보다 빠르게 잊어버리는 게
무엇보다 토끼다울 따름이다

무엇보다 토끼다운 토끼가
넓은 들판을 달린다
토끼가 달릴수록 들판은 더 넓다
토끼가 달리기에도 넓고
토끼가 달리지 않기에도 넓고 넓은 들판은
토끼라는 소리가 불러온 토끼 아닌 것의 새로운 이름이다
토끼는 자신의 빠른 발이 도무지 우리에게 어떤 존재로 불
릴지에 대해 관심이 없다

토끼가 달린다

토끼가 들판을 달리면서 들판을 지운다
지워진 들판이 자꾸만 토끼를 불러 토끼를 지운다
지워진 토끼가 지워지지 않으려고 달리고 또 달린다

앞발이 내딛는 삼백만 분의 일 초 사이에서
토끼는 문득 절벽이 되고
뒷발이 밀리는 오백만 분의 일 초 사이에서
토끼는 불현듯 새로운 별을 임신한 채 멀고 먼 은하에서
실족한다
토끼는 밤새 달리지만
밤새가 밤새도록 울어 텅 비워낸 밤의 한복판에서
토끼는 언제나 첫울음 우는 별들의 앳된 주먹이나 핥으며
평생토록 달리며 지워야 할 들판을 낳는다
평생토록 달려도 지워지지 않을 들판을 그린다

토끼가 달린다
토끼가 들판을 달린다

들판을 달리는 토끼가
여전히 보이지 않는다
들판을 달리는 토끼가
모든 걸 보아버렸기 때문이다

토끼가 달린다
토끼가 달린다
달릴 수 없는 토끼가
죽을 때까지 달릴 수 없는 들판을 달린다

허공의 다리

그림 속에서 채 빠져나오지 못한 나무 하나가 허공에 매달려 있다
발목을 움츠린 새들이 흠칫거리며 그림 속의 기별을 엿듣는다
재재거리는 소리들이 그림 속에 빨려들어가
곡예하는 별들의 푸른 중심을 메운다

오래 전 편지를 꺼내 읽다 온몸이 마비되어버린 남자
먹먹해진 귀 안쪽에서 온갖 소리들이 소리없이 가득하다
생의 전반을 선회하던 시간이 문득,
기억의 네모난 형틀 아래서 피를 토한다
닫혀 있는 서랍에선 서로 다른 시간 속의 문장들이
뚝딱뚝딱 舌戰을 벌인다
요는,
만유인력이 위대한 농담이었을 뿐이라는 새로운 전언이다

사지가 무용해지고 나서야 제 몸의 활기와 윤기와 독기마
저 스스로 감득하게 하는
이 어지러운 적막 속에서
남자는 멎어버린 두 팔과 다리가 끊임없이 상기하는 몸 속
의 붉고 푸른 점막들이
평생토록 마음을 들고 나던 사람들의 땀이거나 피였다는

사실을 깨닫는다
　남자는 부동자세로 다시 태어난다

　남자의 마비된 몸 속에 바람이 찬다
　바람에 이끌려 이파리를 흔들어대는 무의지의 긍정과
　어두운 곳으로 끈질기게 내려갈수록 비로소 하늘에 닿는
수직적 圓環의 반어법에 대해 생각하기 이전에
　남자는 이미 그러하고 있으며
　그러하기 전에 이미 그렇게 되어 있다는 걸 알지 못한 채
　하복부가 열리며 다른 생명들이 흘러들어오는 걸 느낀다
　죽음으로 넘어가기 직전이란
　이토록 명료한 환상들로 가득하다

　마비되어버린 남자의 마지막 움직임은 기록되지 않는다
　움직이지 않는 몸 안의 거대한 소용돌이만이 허공 한 귀퉁이
　하늘의 입구로 열린 빈 공간에 가득할 뿐이다
　육 척 크기 남자의 몸이 단 한 번 온 우주를 끌어안는 순간,

남자의 몸을 거슬러
도적 같은 개들과
선비 같은 돼지들과
애인 같은 승냥이떼와
자식 같은 곰들과
모리배 같은 새들이
꾸역꾸역 저 세상으로 넘어가
구름 같은 나비떼로 펼쳐지고
천둥 같은 지렁이로 되돌아온다

우주가 단 한 번 그려내는 원시의 절경 속에서
지상의 마지막 난간에 거꾸로 매달려 움직이지 않는 남자는
몸 안의 다채로운 요동들이 소리없이 放生되는 걸
저 세상 바깥의 일인 듯 무연히 내버려두고 있다
지상에 뿌리박혀 어느 먼 곳을 쉼없이 넘나들고 있다

蛇足詩

— 1초 전, 혹은 1초 후

여름이 지났을 뿐인데,
방 안엔 서슬 퍼런 구름들이 모래알처럼 흩어진다

여름이 지났을 뿐인데,
썩은 발톱마다 새살이 꽃봉오리처럼 열리고
오래 굶은 고양이가 난간에 매달려 길게 멀어진 세상을
흐린 눈으로 조감한다

여름이 지났을 뿐인데,
죽음을 생각하는 남자의 머리칼에선 붉은 버섯이 자라나
휘도는 바람의 속살을 애무하며 길고 긴 광시곡의 마지막
소절을 완성한다

여름이 지났을 뿐인데,
길가의 나무들은 푸른빛을 내던진 채 노을 속에서 뛰어나온
거대한 말의 위장 속에

죽은 열매를 흘린다

여름이 지났을 뿐인데,
도로변에 떨어진 시계에선 오래 전의 시침 소리가
위험 경보처럼 빠르게 달린다 지켜보는 사람은 아무도 없고
살아 있는 것과 죽은 것이 펄럭이는 백지 사이에서 피차
투명하다

여름이 지났을 뿐인데,
가을은 오지 않고 만물은 두 번 이상 울지 않는다

여름이 지났을 뿐인데,
오래도록 알고 있던 그가 없다 세상만 온통 하얗게 지워져
눈물 없이 울고 있다

다시 오지 않을 여름에게 마지막 담배를!

그러니까, 그러니까

함성호(시인)

    강정의 두번째 시집 『들려주려니 말이라 했지만』은 새로운 상징(언어)을 찾으려는 시인의 열정과 고민으로 가득 차 있다. 무릇 시인은 시대의 계절을 가장 먼저 알아, 새로운 상징의 초지를 찾아 유목의 삶을 사는 자들이 아니던가. 그런 점에서 강정이 이번에 발견한 초지는 참으로 오랜만이다. 첫번째 시집 『처형극장』으로 유목의 새로운 부족을 형성한 이래 근 십 년 만이니, 길다면 긴 시간을 그는 오래 혼자 떠돌고 다닌 셈이다.

    상징을 찾아 떠난 그의 여행 곳곳에서 나는 그와 만났다. 우리는 거기에서 정처 없는 말들을 쏟아놓곤 각자의 길로 떠났다간 다시 만나곤 했다. 우리는 항상 다른 곳에서 만났지만 그곳은 항상 우리의 것이 아닌 이모작지대의 농경의 영토였다. 우리는 거기에서 우리가 보고 온 풍경들의 남루에 대해 이야기했고, 풍문 속에 있는 새로운 초원에 대해 말했다.

내가 사무실을 홍대 앞으로 옮기면서 우리는 더 자주 만났던 것 같다. 거기서 내가 '홍대 앞 아이들'이라고 부르는 고집 센 건축가, 무대를 뛰쳐나온 무용수, 출판인, 딴따라, 공연 기획자, 교수가 못 된 학인들과 같은, 잡놈들과 어울리며 밤들이 노닐었다. 서너 명씩으로 시작한 술자리는 밤이 깊을수록 사람이 늘었고, 나중에는 열 명이 넘는 때도 있었다. 그 술값을 다 누가 냈지? 나는 아니고, 강정 같은 룸펜이 낼 리도 없고, 십시일반 같은 건 아예 하지 않았으니 그럴 리 없고, 모르겠다. 아무튼, 홍대 앞 아이들은, 홍대 앞에서 놀았다.

강정과 내가 처음 만난 것도 홍대 앞이었고, 그때 그는 군에서 제대한 지 얼마 안 된 때였던 걸로 기억한다. 그때 받은 첫인상은 썩 유쾌한 것은 아니었다. 왜냐하면 그는 무슨 말을 하려고 할 때는 꼭 두세 번씩 서두를 반복하고, 거기에 맞춰(?) 머리, 몸, 어깨, 하여튼 전신을 앞뒤, 양옆으로 미세하게 떨었는데, 평범한 풍경은 아니었기 때문이었다. 일테면, 강정은 누군가가 무슨 말을 하고 나서 거기에 대한 자기 의견을 말할 때는 꼭 "그러니까, 그러니까……" 하면서 서두를 두세 번 반복하고 미세한 각기(사지의 관절을 꺾는 춤)를 해 보이고는 말을 잇는 식이었다. 나는 항상 강정이 "그러니까, 그러니까" 하거나 "그게 아니고, 그게 아니고……" 하면 긴장했다. 그러다가 어떤 때는 '그러니까' 나 '아니, 아니' 만 반복하다 그 서두를 기다리지 못하는 다른 사람에게 말머리를 빼앗기는 경우도 있었고, 그 사람의 얘기가 끝나기를 기다려 또 "그러니까, 그러니까"를 반복했다. 어느 자리에서건 그가 먼저 화제를 꺼내는 일은 없었다. 있었다면 아주 일상적인 화제였을 것이다. 대부분 강정은 누군가 먼저 화제를 꺼내면 듣고, 생각하고(내 짐작에는 아주 여러 번일.) 말했다. 누군가의 의견에 부연할 때는 '그러니까' 를 반복하고, 전혀 다르면 '아니' 를 반복하며, 내 말이 그 말이다 할 때는 '그니까, 그니까' 하며 뒤를 짧게 끊는다. 그는 천성적으로 수줍음이 많은 사람이다. 그를 아는 많은 사람들은 이 말에 의아해할지도 모르지만 분명히, 그에게 친숙한 것이란 이 세계에는 존재하지 않는다. 그러니까 그러니까, 강정은 그런 식으로 사람과 사람 사이의 관계에서 오는, 세계와 나 사이에서 발생하는, 죽고 싶을 정도의 낯섦을 극복하고 있었던 것이다.

상징과 대상의 불가능성

라캉은 인간의 사고를 가능하게 하는 몇 가지 조건을 들고 있다. 첫째는 언어, 즉 상징이 있어야 하고, 둘째는 상징이 지칭하는 대상(실재)이 있어야 하며, 셋째는 대상에 고착된 의미작용이 필요하다. 그러나 어떤 대상을 설명하는 상징은 무수히 많다. 사람이라는 실재를 설명하기 위해서 우리는 가능한 대로 허용하면 실로 엄청난 상징들을 쏟아낼 수 있을 것이다. 그렇게 되면 사람이라는 대상을 더 잘 알 수 있게 되기는커녕 우리는 상징의 홍수 속에서 사람이라는 대상을 설명하기 위한 통로를 잃어버리고 말 것이다. 그래서 상징은 대상으로 통하는 몇 개의 고정된 통로를 가지게 될 수밖에 없게 된다. 그 고정된 통로(고정된 통로이기 때문에 우리는 그 통로 안에서 서로 모순된 설명들까지도 받아들여야 한다)를 통해서 우리는 대상에 고착된 의미를 생산해낸다. 따라서 하나의 대상을 설명한다는 것은 결국 여러 기표(상징)의 흐름을 의도적으로 통제한다는 말이고, 그 통제를 통해야만 하나의 대상이 의미를 가진다는 것은 결국, 어떤 대상을 설명한다는 것은 근본적으로 불가능한 것이라는 결론에 도달하게 된다. 따라서 우리는 영원히 실재를 설명하는 데 실패할 수밖에 없으므로 실재는 라캉의 말대로 '불가능성' 혹은 '논리적 모순'이라고 정의할 수 있다. 시는 이 논리적 불가능성에서 탄생한다.

　　그가 내게 처음 한 말은

물이 모자라 거죽이 붉게 부르튼 어느 짐승에 관한 얘기다

듣고 보니 말이라 했지만,

그 짐승의 존재를 알게 된 건 사람의 입을 통해서가 아니다

비이거나 혹은 바람이거나

아직도 살 만큼 물이 충분한 내 몸에 파충류의 피륙 같은

돌기가 솟았던 걸 보니

짐짓 실체가 없는 무슨 진동 같은 거였는지 모른다

말이거나 비이거나 바람이거나

생각해보니 그것은 내 촉수를 자극해 조금씩 부풀면서

존재를 확인하려 하면 사라지고 만다

만져지는 대신

시간과 시간 사이에서 무성생식한 우주의 굵은 탯줄만 낡

은 가구들 틈에 끼여

목청껏 다른 말들을 웅얼거리는데

이 다른 말이라 하는 것도,

듣고 보니 말이라 했지만,

책에 쌓인 먼지라거나

같이 있다 방금 자리를 뜬 사람의 미진한 온기 따위인지도

모른다

　　　　　—「들려주려니 말이라 했지만,」 중에서

125

강정의 이번 시집의 표제작이면서 우리 시사에서 가장 뛰어
난 시 중의 하나일 이 시는 시의 탄생부터 언어의 불가능성,
존재하는 모든 것들에 대한 언어적 회의가 일목요연하게 녹아
들어 있다. 사실 이 시를 부분인용하는 것은 불가능하다. 강정
이 일상적인 화법에서 "그러니까 그러니까"를 반복하듯이 이
시는 그, 말할 수 없고, 말해지지 않는 언어의 불가능성에 대
해 치밀하게 노래하고 있다. 시가 노래라고 할 때, 그리고 그
노래가, 우리가 음악이라고 지칭하는 노래와는 다른 것일 때,
시의 노래는 반드시 이래야 한다. 반드시 그 불가능성에서, 그
모순에서 터져나와야 한다.

이 시는 모순의 대상을 대결시키고 '~했지만'이란 역접을
대립함의 사이에 자리지우면서 모순을 풍경으로 이끈다. "듣
고 보니 말이라 했지만"으로 어떤 화자가 한 말은 회의되고,
시인은 이 말을 알아듣기 위해 말을 버리고 대신 행위를 택한
다("촉수를 자극해 조금씩 부풀면서"). 그러나 그 역시 몸의 언
어로도 불가능해 "만져지는 대신" "다른 말"로 발화되고 "이
다른 말이라 하는 것도" 끝내 "듣고 보니 말이라 했지만" 말
아닌 "온기 따위"인 것이 되고 만다. 여기서 시인의 청취 노
력은 끝난다. 그 다음부터는 시인의 정황 발설 시도가 이루어
지는데(그러니까 그러니까) 그 역시 말이 아닌 것으로, "들려
주려니 말이라 했지만"으로 말(상징)은 대상으로 향하는 고

정된 통로를 자꾸 벗어난다("들려주려니 말이 자꾸 새끼를 치지만"). 그리고 강정은 이렇게 그 불가능성을 정의한다.

> 인간도 아니고 인간 아닌 것도 아닌 만물이 때 되면 허물
> 벗어 다른 생을 낳는 그곳을
> 허공이라 한들 어떠리
>   —「들려주려니 말이라 했지만,」 중에서

그곳은 그야말로 허공일 것이다. 허공은 사랑처럼 정체가 없고, 어디에 존재하는지도 모르면서 있고, 그래서 정의할 수 없기 때문에 끝없이 노래된다. 사랑이라는 말은 부분의 실재로 전체를 꾸며내는(그래서 이 전체는 허구이다) 남성적 언어에서는 결코 말해지기 쉽지 않다. 남성의 언어는 정확히 상징이 실재에 가 닿아야 한다. 이 불가능성을 남성은 견딘다. 왜냐하면 남성에게는 전체가 부재하므로 그것을 오류로 느끼지 않기 때문이다. 그러나 전체만 있을 뿐 부분이 존재하지 않는 여성에게 사랑이라는 언어(상징)에 대한 대상은 늘 실재이다. 여성은 상징을 대상과 일대일 대응관계로 파악하지 않는다. 왜냐하면 여성에게 있어 대상은 늘 전체로 파악되기 때문이다. 그래서 여성은 사랑이라는 상징에 있어 남성보다 우위를 점한다. 이쯤에서 나는 라캉 식으로 그래서 여성은 언어에

대해 소외되어 있다고 이야기해야 하지만, 시라는 형식은 이 소외를 넘어서 존재하기 때문에 오히려 시의 언어는 본래 여성적이라고 말해야 한다.

그런 의미에서 강정의 언어는 여성적이고, 강정의 시적 성별은 여성이다.

> 맑은 날의 뱃길에선 태양과 물이
> 유리알들을 낳는다 저것에 내 몸이 베이면
> 나는 詩를 낳으리라
> 아, 그러나 관두자 머리는 가볍고 가여워
> 보다 살가운 육체가 아닌 이상
> 나는 그를 빌어주지 않으련다
>
> ─「알을 품은 시인」 중에서

그러니까 그러니까, 새로운 상징의 초원은 영원히 찾아지지 않는 불모란 말인가? 어차피 대상이 불가능한 실재고, 존재하지 않는다면 '그'는 어떻게 나에게 역신처럼 "아무런 기별 없이, 몰래 일을 치르고 달아"났는가? '그'는 나에게 왔었던 적이 있었고, 이제 그 사실도 희미하지만 강정은 "가장 낡은 언어로 말하지 않고서는 드러나지 않는 미래가 있다"(「두 번째 아이」)는 말을, '듣고 보니 말'인 '그'(「알을 품은 시인」.

이 시에서 '그'는 끝까지 규정되지 않는다)가 결국 이 모든 혼란의 당사자라는 것을 깊이 인식한다.

아, 그는 그러나 자꾸만 내 시선을 사람이 아니라,
사람들 사이의 어렴풋한 진공을 보게 만든다 명료하지 않은,
더 깊은 세계의 포말을

―「알을 품은 시인」 중에서

그리고 그 인식은 시인으로 하여금 다시 '그'의 "거처를 무한십이면체의 정글로"(「두번째 아이」) 똑바로 바라보게 한다. 플라톤의 입체에 따르면 십이면체는 하늘의 기하학적 도형이다. 그런 의미에서 '무한십이면체'라는 것은 다시 저 불가능성에 대한 정의를 상기시킨다. 강정이 말한 그 불가능성의 정의, '허공' 말이다. 그래서 '그'와의 관계를 통해 태어난 '두번째 아이'는 혼란의 당사자인 '그'를 "새로 탄생한 수정궁의 유일한 결함으로 기억"(「두번째 아이」)하게 된다.

두번째 아담

「창세기」에 따르면 야훼는 천지만물을 창조하고 맨 나중에

자신의 형상을 본떠 아담을 창조했다. 그러고는 아담 앞에 천지만물을 불러모아 이름을 짓게 했다. 그때 아담이 만물에 이름을 불렀던 곳은 에덴이었다. 그러나 만물을 창조하고 "보시기에 좋았던" 그 세계에도 뭔가 심각한 결함이 있음을 야훼는, 강정의 '그' 중의 하나인 그는, 곧 발견했다. 아담이 외로워 보였던 것이다. 야훼는 이 심각한 세계의 결함, 곧 외로움을 극복하기 위해 아담을 잠재우고 그의 갈빗대 하나를 뽑아 하와를 복제해낸다. 언어에 있어서 정말 심각한 결함은 여기에서, 이제부터 발생한다. 하와는 태어나자마자 아담의 말을 배운다. 아담이 천지만물에 부여한 언어를 습득하게 되는 것이다. 그것은 처음부터 하와의 말이 아니었으므로 여성은 상징으로부터 소외된다. 그리고 뱀이 등장한다. 뱀은 팔과 다리의 구분이 없는, 몸에 별다른 구분이 필요하지 않은 전체인 자아이다. 이 뱀의 등장은 하와에게 중요한 인식을 일깨운다. 즉 뱀은 하와와 따로 떨어져서 존재하는 하와의 언어를 상징한다. 하와는 난생 처음 아담의 말이 아닌 전혀 다른 말을 듣는다. 하와가 뱀의 말을 듣고 금단의 열매를 먹는 것은 아담의 상징체계와의 결별을 뜻한다. 그것은 하와가 비로소 자신의 상징을 찾았다는 의미이고 뱀(아담과 다른 상징)과 하와가 비로소 하나의 주체로 통합되었다는 것을 뜻한다. 하와-선악과-뱀의 삼위일체는 아담과 하와가 에덴동산에서 쫓겨남으로 해서 진정으로 완성된다. 에덴의 동쪽에서 하와는 비로소 아담에게 자신의 언어로 처음 말할 수 있게 되었을 것이기 때문이다. 강정은 갈빗대에서가 아니라 자신의 남근으로 이 두번째 아담을 창조한다.

> 남근을 잘라 풀숲에 묻었더니 꽃이 하나 피었습니다
> 내가 누구냐며 소리치고 있었지요
> 오직 자기만이 알아먹을 소리로요
>
> ―「內歷」 중에서

그러니까 하와는 아담에 이어 에덴의 동쪽에서 상징을 이룬 두번째 아담이다. 그래서 야훼가 천지만물을 보내 최초의 이름을 짓게 한 이가 아담이었다는 것이 하와의 언어가 갖고 있는 "수정궁의 유일한 결함"(「두번째 아이」)이 된다. 그래서 하와의 언어는 "오직 자기만이 알아먹을 소리"(「內歷」)가 되고, 그대로 강정의 내력이 된다.

강정의 시에서는 '태양'이라는 단어가 곳곳에서 삐져나오고 있다. 이 시집에서 '태양'이라는 단어가 쓰인 횟수는 무려 스물여덟 번이나 된다. 태양은 남성을 뜻한다. 그러나 강정에게 있어 태양은 처녀다. 왜냐하면 태양은 첫번째 아담의 갈비뼈가 아닌 '그'의 남근으로 새로운 언어를 낳았기 때문이다.

그 언어는 태양이 아닌, 처녀로서의 태양만이 알아들을 수 있는 "내 머리 뚜껑을 열고 해독되지 않는 책을 펼쳐 읽던 당신"(「망치를 든 사랑」)의 언어이다.

    아무것도 씌어지지 않은 창가엔 태양 처녀의 푸르른 솔기만 고요하다

                                    ―「거울 속 호랑이」 중에서

    강정의 시에서 태양은 이중적인 인식을 갖고 나타난다. 그 하나는 첫번째 아담의 태양이고 다른 하나는 두번째 아담의 태양이다. 첫번째 아담의 태양은 강정의 시 속에서 계속 공격 당한다. 그것은 자기를 스스로 공격하는 고장난 면역체계처럼 물어뜯기고 파헤쳐져야 할 대상이다. 그러나 두번째 태양은 하와의 언어가 아담의 언어에 바탕할 수밖에 없듯이 죽은 태양 속에서 나와 대상을 계속 부재하는 것으로 만든다. 그것은 지우고, (그것이 무엇인지 모르지만) 새로 태어나는 것들의 기원이 되기도 한다. 그것은 계속 부재에 대해서 이야기하고 있다.

    당신과 미궁의 아이를 낳을 거야 오래 전에 내가 먹은 태양, 내 몸 속에 냉동된 열기를 꺼내어 마음대로 유린하도록, 태양

이 남자를 낳았으니 이제 여자가 태양을 낳을 차례. (……)
　　　　　　　　—「당신이 만약 미라와 사랑에 빠진다면」 중에서

죽은 태양이 삐걱삐걱 새로운 노동에 몰입하는 순간,
당신의 비어 있는 손바닥에 대해 스스로 눈감으라
　　　　　　　　　　　　—「두번째 아이」 중에서

　그러니까 그러니까, 태어난 여성은 세계 내에서 부재를 겪고 있다. 두번째 아담의 언어는 대상과 일대일 대응관계에 있지 않고 전체로 존재한다. 전체로 존재하기 때문에 항상 부재한다. 그래서 그것은 존재하지만 이미 없는 것이다. 강정이 '괴물', 혹은 '짐승'이라고 부르는 것, 그리고 처녀로서의 '태양', 혹은 '두번째 아이', 그리고 '거미인간'은 상징과 대상의 불가능성을 지칭하는 고통스러운 호명들이다.

　상징을 얻는다는 것은 세계를 얻는다는 의미이다. 그러나 그것은 곧 전체를 잃는다는 의미이기도 하다. 이데올로기가 지배하던 한 시절 우리는 이데올로기라는 비좁은 창을 통해 세계를 내다보았다. 우리가 볼 수 있는 창은 너무 비좁았으므로 우리는 거뜬하게 우리의 상징을 대상에 고정시킬 수 있었다. 상징은 언제나 유효하게 작용했고, 말은 실재와 어긋나지 않았다. 그러나 지금 우리에게 과거의 비좁은 창은 존재하지 않는다. 창이 없음으로 해서 70년생 이후의 시인들의 시에는 실험이 존재하지 않는다. 왜냐하면 실험은 비좁은 창 밖의 것들에 대한 상상이고 형식이기 때문이다. 창이 없어진 지금, 모든 것이 안이고, 모든 것이 바깥인 지금, 강정을 비롯한 70년생 이후의 시인들에게 있어 상징은 모두 떠도는 기표에 불과하다. 상징이 없으면 세계는, 시적 세계는 존재하지 않는다. 지금 우리 시는 세계의 부재를 겪고 있다. 그래서 전에 없이 대상을 노래하지 않는 시들이 무수히 쓰여지고 있다. 대상을 노래하지 않으므로 그 말들은 의미의 주체가 되지 못하고 분열한다. 강정은 드물게 이 새로운 현상을 몸으로 겪고 있는 시인이다. 다른 시인들이 그 분열을 자체로 드러낼 때 강정은 상징과 대상의 불가능성을 겪고, 그것을 노래한다. 그 불가능성 속에서 끝없는 상징의 대체물을 통한 유희를 택하느냐, 아니면 다시 비좁은 창을 쓰고 새로운 상징을 찾아내느냐 하는 것이 지금 강정의 고민인지도 모른다. 그러나 시인이여, 그 외의 것이 아닌, 그 중간은 설혹 가능한 것일지라도 지금은 생각하지 말기로 하자. 왜냐하면 시의 형식은 의미의 주체와 존재의 주체를 모두 수용하는 분열의 장치이기도 하니까. 그런 것이니까. 그러니까 그러니까, ……그니까.

강정

1971년 부산에서 태어나 추계예대 문예창작과를 졸업했다. 1992년 『현대시세계』 가을호로 등단했으며, 시집 『처형극장』 『키스』, 문화비평집 『루트와 코드』, 산문집 『나쁜 취향』이 있다.

들려주려니 말이라 했지만,
ⓒ 강정 2006

1판   1쇄 │ 2006년 1월 5일
1판   3쇄 │ 2011년 2월 17일

지은이 강정
펴낸이 강병선
책임편집 조연주 이상술
마케팅 신정민 서유경 정소영 강병주 │ 온라인 마케팅 이상혁 한민아 정진아
제작 안정숙 서동관 정구현 김애진 │ 제작처 한영문화사(인쇄) 우진제책(제본)

펴낸곳 (주)문학동네
출판등록 1993년 10월 22일 제406-2003-000045호
주소 413-756 경기도 파주시 교하읍 문발리 파주출판도시 513-8
전자우편 editor@munhak.com │ 대표전화 031)955-8888 │ 팩스 031)955-8855
문의전화 031) 955-8890(마케팅) 031) 955-8864(편집)
문학동네카페 http://cafe.naver.com/mhdn

ISBN   89-546-0070-0 02810

www.munhak.com

문학동네 시집

김남주	옛 마을을 지나며	김시천	마침내 그리운 하늘에 별이 될 때까지
김영현	남해엽서	이산하	천둥 같은 그리움으로
박 철	새의 全部	서동욱	랭보가 시쓰기를 그만둔 날
하종오	쥐똥나무 울타리	마종하	활주로가 있는 밤
김형수	빗방울에 대한 추억	김명리	적멸의 즐거움
서 림	伊西國으로 들어가다	김익두	서릿길
염명순	꿈을 불어로 꾼 날은 슬프다	박이도	을숙도에 가면 보금자리가 있을까
이동순	꿈에 오신 그대		
안찬수	아름다운 지옥	정영선	장미라는 이름의 돌멩이를 가지고 있다
박주택	방랑은 얼마나 아픈 휴식인가		
신동호	저물 무렵	윤희상	고인돌과 함께 놀았다
손진은	눈먼 새를 다른 세상으로 풀어놓다	최갑수	단 한 번의 사랑
		이윤림	생일
유강희	불태운 시집	양철자	가장 쓸쓸한 일
최영철	야성은 빛난다	박 찬	먼지 속 이슬
문복주	우주로의 초대	서 림	세상의 가시를 더듬다
권오표	여수일지(麗水日誌)	윤의섭	천국의 난민
하종오	사물의 운명	박 철	영진설비 돈 갖다 주기
주종환	어느 도시 거주자의 블루	김철식	내 기억의 청동숲
오세영	아메리카 시편	박몽구	개리 카를 들으며
이문학	나를 위해 울어주는 버드나무	김영무	가상현실
이재무	시간의 그물	양선희	그 인연에 울다
윤 효	게임 테이블	조창환	피보다 붉은 오후
고재종	앞강도 야위는 이 그리움	김영남	모슬포 사랑
이명찬	아주 오래된 동네	윤재림	사랑을 놓치다
정우영	마른 것들은 제 속으로 꽃는다	강연호	세상의 모든 뿌리는 꽃어 있다
함명춘	빛을 찾아나선 나뭇가지	한영옥	비천한 빠름이여
심호택	마주리의 봄	이회중	참 오래 쓴 가위
하종오	님	이순현	내 몸이 유적이다